बिच्छू

(नाटक)

वाणी प्रकाशन
21-ए, दरियागंज, नई दिल्ली-110002
फोन : 011-23273167, 23275710, 41562622
फैक्स : 011-23275710
e-mail : vani_prakashan@yahoo.com

बिच्छू

मौलियर

अनुवाद

वासी ख़ान

वाणी प्रकाशन

वाणी प्रकाशन

4695, 21-ए, दरियागंज, नयी दिल्ली 110 002

शाखा

अशोक राजपथ, पटना 800 004

फ़ोनः +91 11 23273167 फ़ैक्स: +91 11 23275710

www.vaniprakashan.in
vaniprakashan@gmail.com
sales@vaniprakashan.in

BICHCHHOO
by Moliere
Translated by Vasi Khan

ISBN : 81-8143-537-0
Play

संस्करण : 2006
आवृत्ति 2016

मूल्य : ₹ 175

सिटी प्रेस, दिल्ली-110 095 में मुद्रित

वाणी प्रकाशन का लोगो मक़बूल फ़िदा हुसेन की कूची से

पहला अंक

(मुनीर और हशमत दाखिल होते हैं।)

मुनीर : *(घबराया हुआ)* हशमत, हशमत! अब क्या होगा? ओह, यह हशमत भी न जाने कहाँ जाकर गायब हो गया। मछलियाँ मार रहा होगा और क्या। वो रहा, रे हशमत, बेमौत मारे गए। यह ख़त एक हफ़्ते से आया हुआ पड़ा है, और मैंने आज ही खोलकर देखा है। तुझे शायद यह पता नहीं, लेकिन मेरे अब्बाजान घर वापस तशरीफ़ ला रहे हैं।

हशमत : बिल्कुल।

मुनीर : तो तुझे पता है?

हशमत : बिल्कुल।

मुनीर : शायद चचाजान ने तुझे यह बताया होगा।

हशमत : बिल्कुल।

मुनीर : मालूम हुआ है कि उनकी तशरीफ़ लाने का सबब यह है कि उन्होंने मेरे लिए एक बीवी तलाश कर ली है।

हशमत : बिल्कुल।

मुनीर : और वह लड़की नवाब बन्ने मियाँ की है।

हशमत : बिल्कुल।

मुनीर : और वह जहाज़ के जरिए यहाँ के लिए रवाना भी हो चुकी है।

हशमत : बिल्कुल।

मुनीर : अब ख़ैर नहीं, क्योंकि अब शायद चचाजान को हमारी तमाम हरकतों का इल्म हो चुका है।

हशमत : बिल्कुल।

मुनीर : लाहौलविलाकूवत। पूरी बात क्यों नहीं कहता? बिल्कुल, बिल्कुल किए जा रहा है।

हशमत : अब और ज़्यादा कहने की गुंजाइश ही क्या है? जो कुछ आपने बयान किया बिल्कुल ठीक है। एक एक बात तो कह दी आपने।

मुनीर : तो फिर कोई तरकीब बताओ इस मुसीबत से बचने की। खोपड़ी चकरा कर रह गई। खोपड़ी में नहीं आता क्या करूँ।

हशमत : मैं खुद अपनी आँखों के सामने अपनी शामत देख रहा हूँ। अब आप ही कोई तरीका निकालिए बचने का।

मुनीर : उनके यूँ यकायक आ जाने से मेरा सारा मामला चौपट होकर रह गया।

हशमत : मेरा भी।

मुनीर : लेकिन अब क्या होगा? वो सोचो। करूँ तो क्या करूँ? कहीं से कोई रौशनी नहीं।

(रहमत दाखिल होता है)

रहमत : अरे! अरे लेकिन बात क्या है? हुजूर मुनीर साहब। आख़िर ऐसी कौन-सी मुसीबत आ पड़ी। यह रोशनी-वोशनी का क़िस्सा क्या है?

मुनीर : अरे यार रहमत, मैं बुरी तरह फँस गया हूँ। तबाह हो गया हूँ। बरबाद! मुझसे ज़्यादा बदकिस्मत इन्सान और तुम्हें कहाँ मिलेगा?

रहमत : लेकिन बात क्या है?

मुनीर : तो तुम्हें पता नहीं अभी तक?

रहमत : उँ हूँ। एक लफ़्ज़ भी नहीं।

मुनीर : मेरे अब्बा हुजूर नवाब बन्ने मियाँ के साथ वापस आ रहे हैं। मेरे लिए बीवी लेकर।

रहमत : तो इसमें परेशान होने की क्या बात है?

मुनीर : तुम नहीं समझोगे।

रहमत : आख़िर आप कुछ कहें तो समझूँ। घबराइए नहीं, यह बंदा हर किस्म की मुसीबत में काम आनेवाला है।

मुनीर : यार रहमत अगर तुमने इस मुसीबत से मेरा पीछा छुड़ा दिया तो ज़िंदगी भर गुलामी लिख दूँगा।

रहमत : खैर, यह बात छोड़िए, लेकिन जब मैं किसी के काम पर अड़ जाता हूँ तो फिर मजाल है कोई रोक दे मुझे। वैसे मैं अपनी तारीफ़ नहीं कर रहा हूँ लेकिन जहाँ तक जालसाजी और मक्कारी का ताल्लुक़ है अपना इस दुनिया में कोई सानी नहीं। लेकिन ज़माना ऐसा बुरा आ गया है कि कोई क़दरदान नहीं मिलता, और इसीलिए एक छोटी-सी ठोकर खा लेने के बाद मैंने अब इस किस्म के मुआमलात में हाथ डालना ही छोड़ दिया।

मुनीर : क्यूँ क्या हुआ था?

रहमत : यूँ ही, ज़रा किस्सा इस किस्म का हुआ कि पुलिस तक नौबत पहुँच गई थी।

मुनीर : पुलिस?

रहमत : हूँ। हूँ। ज़रा आपस में मनमुटाव हो गया था।

मुनीर : तुम में और पुलिस में?

रहमत : हाँ, उन्होंने एक ऐसी हरक़त की, कि मेरा दिल टूट गया। ज़माने की इस बेरहमी से मेरा दिल इतना बेज़ार हो गया कि मैंने क़सम खाई कि अब कभी किसी से हमदर्दी नहीं करूँगा। लेकिन आपकी बात दूसरी है। फ़र्माइये, क्या किस्सा है?

मुनीर : तुम्हें याद है रहमत, दो महीने हुए जब से मेरे अब्बा हुजूर नवाब बन्ने मियाँ के कारोबार के सिलसिले में जहाज़ के जरिए सफ़र पर गए हुए हैं।

रहमत : हाँ अच्छी तरह याद है।

मुनीर : अफ़ज़ल मियाँ और मुझे दोनों को घर ही पर छोड़ दिया गया

था और तुम और हशमत हम दोनों की देखभाल के लिए चुने गए थे।

रहमत : और यह कोई नहीं कह सकता, कि हमने अपना फ़र्ज़ पूरी तरह अदा नहीं किया है।

मुनीर : कुछ ही अर्से बाद अफ़ज़ल मियाँ की मुठभेड़ एक खानाबदोश लड़की से हो गई। और आँखें चार होते ही दोनों के दिलों में मुहब्बत की आग भड़क उठी।

रहमत : हाँ यह अच्छी तरह मालूम है।

मुनीर : उसने मुझे सब कुछ बता दिया। और एक दिन वो मुझे उस लड़की को दिखाने के लिए भी ले गया। लड़की मैंने देखी, काफ़ी अच्छी शक्ल की है, लेकिन इतनी हसीन भी नहीं है, जितनी वो बताने की कोशिश कर रहा था। रात-दिन उसी के गुन गाया करता था।

रहमत : मेरी समझ में नहीं आ रहा है कि आख़िर इस क़िस्से का ताल्लुक़ आपकी मुसीबत से क्या है?

मुनीर : एक दिन हम दोनों उस लड़की से मिलने जा रहे थे कि रास्ते में एक कोने के मकान से रोने-पीटने की आवाज़ सुनाई दी। दरयाफ़्त करने पर मालूम हुआ कि यहाँ पर हाल ही में एक खानदान आकर बस गया है।

हशमत : और यह कि उनकी माली हालत इस क़दर ख़राब है कि सुननेवालों के रोंगटे खड़े हो जाते हैं।

रहमत : लेकिन आपकी मुसीबत से इस क़िस्से का ताल्लुक़ क्या है?

मुनीर : मैंने कहा, लाओ देखूँ आख़िर क़िस्सा क्या है। हम दोनों के दोनों अंदर घर में गए। वहाँ जाकर क्या देखते हैं, कि एक नेक बूढ़ी औरत क़रीब-क़रीब अपनी साँस तोड़ चुकी है। और उसके पास एक दाई बैठी हुई रो रही है। यकायक मेरी नज़र बूढ़ी औरत के सिरहाने पर पड़ी। जो कुछ मैंने वहाँ देखा। उसे देखकर मैं लड़खड़ा गया। वो एक नवजवान लड़की थी, जिसकी आँखों से आँसुओं की झड़ी लगी हुई थी। उसकी

खूबसूरती देखकर मेरी आँखें कौंध-सी गईं। इतनी हसीन और दिलकश लड़की मैंने आज तक नहीं देखी।

रहमत : हाँ हाँ।

मुनीर : उसकी जगह उस वक़्त कोई और लड़की होती तो इस हालत में अजीब दिखाई देती, लेकिन उसका हुस्न तो मालूम हो रहा था कि चार गुना ज़्यादा हो गया है।

रहमत : हाँ। अब आए पते पर।

मुनीर : रहमत, अगर तुम कहीं उसे देख लेते तो यही समझते कि आसमान से कोई हूर उतरी है।

रहमत : बेशक़। मैं समझ सकता हूँ कि उसका हुस्न किस बला का होगा।

मुनीर : तुमने अक़्सर यह देखा होगा कि जब लोग रोते हैं तो अजीब भोंडा-सा मुँह बनाते हैं लेकिन उस लड़की पर वो आँसू इस तरह सज रहे थे जैसे कि मोतियों की लड़ियाँ चेहरे पर बिखेर दी गई हों।

रहमत : बेशक़।

मुनीर : जब वो उस बूढ़ी औरत पर चीख़ मारकर गिरी और माँ कहकर पुकारा तो हम दोनों की आँखें आँसुओं से तर थीं।

रहमत : हाँ, काफ़ी दर्दनाक मंज़र होगा, और उसी चीज़ ने आपको मजबूर कर दिया कि आप उस पर अपना दिल निछावर कर दें।

मुनीर : उफ़्फ़ रहमत। एक वहशी भी उस वक़्त उससे मुहब्बत किए बिना नहीं रहता।

रहमत : बिल्कुल, बेचारा किस तरह अपने आपको सम्हालता।

मुनीर : मैंने उसे काफ़ी दिलासा देने की कोशिश की, और उसके बाद हम दोनों दोस्त वहाँ से चले आए। रास्ते में मैंने अफ़ज़ल से पूछा कि उस लड़की के हुस्न के बारे में क्या ख़्याल है। कहने लगा–'काफ़ी अच्छी है।' काफ़ी अच्छी है–जी चाहा मुँह तोड़ दूँ।

हशमत : आप अगर उसके यूँ ही गुन गाते रहे तो शाम हो जाएगी।

मैं मुख़्तसर बता देता हूँ कि फिर क्या हुआ। उस दिन के बाद इनकी बेकरारी का यह आलम हुआ कि हर रोज़ उसे दिलासा देने के लिए वहाँ के चक्कर काटने लगे। उसकी माँ की मौत के बाद, अब उसकी दाई ने माँ की जगह ली। और उसकी शर्त यह है कि अगर वह उसकी लड़की से शादी करने को तैयार हैं तब तो यह उस घर में क़दम रख सकते हैं—वरना नहीं।

रहमत : हूँ।

हशमत : और अब यह दूसरी मुसीबत खड़ी हो गई है। इनके अब्बा हुजूर के वापस आने की उम्मीद अभी दो महीने तक और नहीं थी, दूसरे यह कि इनके चाचाजान को तमाम दास्तान का इल्म हो चुका है और तीसरे यह कि उनके अब्बा हुजूर यह चाहते हैं कि उनकी शादी नवाब बन्ने मियाँ की दूसरी बीवी की जो लड़की है उससे तय हो जाए।

मुनीर : और उस बेचारी लड़की के दिन इस तरह गुरबत में गुज़र रहे हैं कि मेरी समझ में नहीं आता कि उसकी किस तरह मदद करूँ।

रहमत : बस। आपने तो राई का पहाड़ खड़ा कर दिया। इसमें घबराने की क्या बात है? तुमको तो शर्म आनी चाहिए कि इतनी सी बात के लिए तुम इतने परेशान हो। हद हो गई। यानी इस उम्र में भी तुम्हारी अक़्ल इस क़ाबिल नहीं है कि कोई रास्ता ढूँढ़ निकालें। बेवक़ूफ़ी तेरा बुरा हो। अगर मैं तुम्हारी जगह होता तो पता नहीं क्या कर डालता। जब मैं इतना-सा था *(हाथ से बताता है)* तब से मैं उड़ती चिड़िया के पर काटना सीख गया था।

हशमत : शुक्र है कि आपकी-सी समझ मुझमें नहीं है। कम-अज़-कम पुलिस है तो मुठभेड़ नहीं होती।

मुनीर : हाँ, वो रही मेरे ख़्वाबों की मलिका।

(रज़िया दाखिल होती है)

रज़िया : क्या यह सच है कि तुम्हारे अब्बाजान घर वापस आ रहे हैं और वो तुम्हारी शादी किसी और लड़की से करना चाहते हैं?

मुनीर : हाँ मेरी मलिका। यह सच है, और यह सुनकर तो मेरे होश फाख़्ता हो गए! लेकिन यह क्या? तुम्हारी आँखों में आँसू? क्या तुम्हें मेरी वफ़ादारी में शक है? क्या तुम मुझे नहीं जानतीं कि तुम्हारी मुहब्बत में दीवाना हो चुका हूँ।

रज़िया : हाँ, मैं जानती हूँ, यक़ीन है कि तुम, मुझसे मुहब्बत करते हो, लेकिन क्या तुम्हारी यह मोहब्बत इसी तरह क़ायम रहेगी?

मुनीर : यह न कहो! रज़िया! मैं तुम पर अपनी ज़िंदगी न्यौछावर करने को तैयार हूँ।

रज़िया : हाँ, लेकिन सुना है कि औरत हमेशा एक ही मर्तबा मुहब्बत करती है, लेकिन मर्दों की मुहब्बत की चिनगारी जल्द ही ठंडी हो जाती है।

मुनीर : आह! मेरे ख़्वाबों की मलिका, मेरा दिल और मर्दों की तरह नहीं है। मैं क़सम खाता हूँ कि मेरी यह मुहब्बत मरते दम तक क़ायम रहेगी।

रज़िया : मुझे तुम्हारे वादों पर यक़ीन है, और मैं यह जानती हूँ, तुम मुझे कभी धोखा नहीं दोगे। लेकिन अगर तुम पर किसी ने ज़ोर दिया, तो हो सकता है, कि तुम्हारा दिल मेरी तरफ से फिर जाए। और फिर ये भी बात है कि तुम अपने अब्बा हुजूर के पूरे कब्ज़े में हो। *(रोते हुए)* अगर कहीं उन्होंने तुम्हारी शादी किसी और लड़की से कर दी तो मैं अपनी जान दे दूँगी।

मुनीर : दुनिया का कोई भी बाप मुझे मजबूर नहीं कर सकता कि मैं तुमसे बेवफ़ाई करूँ। अगर वक़्त पड़ा तो मैं अपना घर-बार छोड़ने के लिए तैयार हूँ, लेकिन तुम्हें अपने हाथों से जाने नहीं दूँगा। मैं उस लड़की को देख भी चुका हूँ और मुझे एक ही नज़र में उससे कुछ नफ़रत-सी हो गई है। मैं तो यही दुआ करता हूँ कि काश समंदर उसे, हमेशा के लिए हमसे दूर रखे। मैं तुम्हारी मिन्नत करता हूँ कि अब ये अपने आँसू पोंछ लो।

तुम्हारे ये आँसू देखकर मेरा दिल डूबने लगता है।

रज़िया : बहुत अच्छा, मैं अपने आँसू पोंछने की कोशिश करती हूँ, और अपने आपको क़िस्मत के हाथों सौंपती हूँ।

मुनीर : क़िस्मत ज़रूर हमारा साथ देगी।

रज़िया : अगर तुम सच्चे रहे तो ज़रूर देगी।

मुनीर : मैं सच्चा रहूँगा। वादा करता हूँ।

रज़िया : तो फिर मैं भी खुश रहूँगी।

रहमत : *(अलग)* लड़की समझदार है, देखने में भी बुरी नहीं है।

मुनीर : *(रहमत की तरफ इशारा करते हुए)* यह रहमत है। इसने अगर चाहा तो हमें हर मुसीबत से बचा लेगा।

रहमत : मैं वैसे तो क़सम खा चुका हूँ, लेकिन अगर आप लोगों ने मेरी ज़्यादा खुशामद की, तो फिर मुझे....

मुनीर : अगर खुशामद तुम्हें पिघला सकती है, तो मैं तुम्हारे हाथ जोड़ता हूँ, कि तुम ही सम्हाल लो।

रहमत : *(रज़िया से)* और आपको मुझसे कुछ नहीं कहना है?

रज़िया : मैं भी तुम्हारी मिन्नत करती हूँ कि तुम हमें मुसीबत से बचा लो।

रहमत : अब मुझे अपनी क़सम तोड़नी पड़ेगी। अब मुझे अपने पत्थर दिल में हमदर्दी की लहर लानी ही पड़ेगी। बहुत अच्छा मैं मदद करने के लिए तैयार हूँ।

मुनीर : मैं क़सम खाता हूँ.....

रहमत : च च *(रज़िया से)* अब जाइए मैं सब कुछ ठीक कर लूँगा। **(रज़िया चली जाती है)**

रहमत : *(मुनीर से)* और अब तुम एक बहादुर की तरह अपने अब्बा हुजूर का मुकाबला करने के लिए तैयार हो जाओ।

मुनीर : उनका नाम सुनते ही मेरे होशो-हवास गुम हो जाते हैं। मेरी ये कमज़ोरी बचपन से है जिस पर क़ाबू पाना मुश्किल है।

रहमत : तुम्हें दिल मज़बूत करना ही पड़ेगा। वरना वे इस मौके से फ़ायदा उठाकर जो चाहेंगे कर गुज़रेंगे। लो आओ, दिल में

ज़रा हिम्मत लाओ, बहादुर बनो, तमाम सवालात के जवाब देने के लिए अभी से तैयार हो जाओ।

मुनीर : कोशिश करूँगा।

रहमत : आओ एक मर्तबा यूँ ही ज़रा करके देखें। हाँ, खड़े हो सीधे, छाती बाहर निकालो। सर ऊँचा करो, आँखों में चमक लाओ, शाब्बाश।

मुनीर : यूँ।

रहमत : हाँ और ज़रा।

मुनीर : यूँ।

रहमत : हाँ, यह बात। समझ लो कि मैं तुम्हारा अब्बा हुजूर हूँ, और अभी-अभी सफ़र से वापस आया हूँ। जो कुछ मैं सवाल करूँ, उनका जवाब पूरी हिम्मत से देना। हाँ, क्यों नालायक, बेहया, तेरी ये हिम्मत कैसे हुई कि मेरे साथ ऐसा बर्ताव करे? और इतनी जुर्रत कैसे हुई, कि तूने मेरी ग़ैरहाजिरी में ये हरकत की है, आख़िर इसके माने क्या हैं? क्या मैंने इसी दिन के लिए पाल-पोस कर बड़ा किया था कि तू मेरी नाक काट दे? क्या मेरी मेहनत का यही बदला था। मेरी सारी इज़्ज़त ख़ाक में मिला दी, क्या एक बाप की इज़्ज़त इस तरह की जाती है *(जरा सम्हल कर)* बदमाश, लुच्चे, तूने बगैर मुझे बताए हुए एक लड़की से इश्क के पतंग उड़ाने शुरू कर दिए और उससे शादी तक करने को तैयार हो गया। बता बोलता क्यों नहीं, ज़बान नहीं है क्या। हद हो गई तुम्हारे होश ही उड़ गए।

मुनीर : इसलिए कि इस वक़्त आप बिल्कुल मेरे अब्बा हुजूर दिखाई दे रहे हैं।

रहमत : इसीलिए तो कह रहा हूँ कि ज़रा मर्द बनने की कोशिश करो।

मुनीर : बहुत अच्छा, अब मैं वाकई बहादुर बनूँगा, और उनका मुँह तोड़ जवाब दूँगा। वादा करता हूँ।

रहमत : तो फिर, वो रहे आपके अब्बा हुजूर।

मुनीर : *(घबराकर)* ओ हो.... मार डाला। *(भाग जाता है)*

रहमत : ओ मुनीर, ठहरो तो। मुनीर....देखा भाग गया। अजीब बण्डल आदमी है। अब इस बुड्ढे का हम दोनों को मुकाबला करना ही पड़ेगा।

हशमत : लेकिन मैं उनसे क्या कहूँगा?

रहमत : कहना-वहना मुझ पर छोड़ दो। बस देखते रहो *(हशमत सिसकने की कोशिश करता है, कि नवाब मुन्ने मियाँ दाखिल होते हैं।)*

मु. मियाँ : *(जिन्होंने उन्हें देखा नहीं है)* ऐसी हरकत की है कि सर फोड़ लेने को जी चाहता है।

रहमत : *(हशमत से)* ओ सारी बातें सुन चुका है और उस पर इतना असर हुआ है कि अपने आपसे बातें कर रहा है।

नवाब : नालायकी की हद हो गई। मैं तो अब इस चीज़ का इंतज़ार कर रहा हूँ कि वो नालायक उससे शादी के बारे में क्या बहाने बनाता है।

रहमत : *(अलग)* घबराओ नहीं, वो सब तय हो चुका है।

नवाब : हो सकता है कि वो अपनी इस हरकत को मानने से साफ़ इनकार कर दे।

रहमत : *(अलग से)* जी नहीं, हमने इस बारे में सोचा तक नहीं है।

नवाब : हो सकता है कि उसको सही साबित करने की कोशिश करे।

रहमत : *(अलग)* हो सकता है।

नवाब : कहीं ऐसा न हो कि वो मेरे सामने एक अजीबो-गरीब क़हानी गढ़कर केस करने की कोशिश करे।

रहमत : *(अलग से)* शायद।

नवाब : वो कुछ भी कहे मुझ पर असर नहीं होने का।

रहमत : *(अलग से)* देख लेंगे।

नवाव : मुझ पर रौब डालने में वो कभी कामयाब नहीं हो सकते।

रहमत : *(अलग से)* इस भरोसे पर मत रहो।

नवाब : अपने इस नालायक बेटे को तो मैं जल्द ही ऐसी जगह भेज दूँगा कि वापस ही न आ पाये।

रहमत : *(अलग से)* इसका इलाज़ हम कर लेंगे।

नवाब : और इस बदमाश हशमत की तो मैं चमड़ी उतार कर फेंक दूँगा।

हशमत : हाँ मेरा जिक्र तो आना ही था।

नवाब : *(यकायक उनकी नज़र हशमत पर पड़ती है)* आँ, तो यहाँ हैं आप मेरे नमक-हलाल।

रहमत : शुक्र है हुजूर कि आप सही-सलामत घर वापस लौटे।

नवाब : अच्छे तो हो रहमत? (*हशमत से*) तुमने अपना फ़र्ज़ बहुत ही उम्दा तरीके से निभा दिया। मर फर्जन्दे अर्जमन्द मेरी ग़ैर-हाजिरी में बहुत ही शरीफ़ाना ज़िंदगी गुजारते रहे।

रहमत : आप तो वाकई निहायत तंदुरुस्त दिखाई दे रहे हैं।

नवाब : शुक्रिया, शुक्रिया (*हशमत से*) तू क्या गूँगा हो गया है। बदमाश गूँगा हो गया है क्या?

रहमत : आपका सफ़र तो कामयाब रहा?

नवाब : हाँ, हाँ, निहायत कामयाब रहा—हूँ मुझे इत्मीनान से इसकी ख़बर लेने दो।

रहमत : ख़बर!

नवाब : हाँ हाँ ख़बर।

रहमत : किसकी ख़बर हुजूर?

नवाब : इस लुच्चे की।

रहमत : लेकिन हुजूर इसका कुसूर क्या है?

नवाब : कुसूर? तुम्हें पता नहीं कि मेरे जाने के बाद उसने क्या गुल खिलाया है।

रहमत : जी हाँ कुछ हुआ तो था।

नवाब : कुछ हुआ था। ज़लज़ला आ गया था, और तुम कहते हो कि कुछ हुआ था।

रहमत : जी हाँ, बजा फ़रमाते हैं आप। आपका ख़फ़ा होना बजा है।

नवाब : इससे ज़्यादा जलील हरकत और क्या होगी?

रहमत : सच है, सच है।

नवाब : बाप की इज़ाज़त के बग़ैर शादी करना?

रहमत : जी हाँ, बजा फ़र्माते हैं, लेकिन मैं अगर आपकी जगह होता तो इतना परेशान न होता।

नवाब : *(मुझे इस बारे में तुमसे इख्तिलाफ है)* मैं जितना चाहूँगा परेशान होऊँगा। हद हो गई इतनी ज़लील हरक़त के बारे में सुनकर क्या मुझे गुस्सा भी नहीं आएगा?

रहमत : जहाँ तक गुस्से का सवाल है, तो जब मैंने इस बारे में सुना था तो मुझे भी बड़ा गुस्सा आया था। बल्कि मैं तो इस हद तक पहुँच गया कि मैंने उसकी काफ़ी लानत-मलामत की। पूछ लीजिए उससे, मैं किस बुरी तरह से पेश आया था शायद आप खुद भी इतनी सख्ती से पेश नहीं आते। मैंने उससे कहा कि ऐसे शरीफ़ बाप के तो तुम्हें कदम चूमना चाहिए, ना कि इस किस्म की हरकतें। लेकिन काफ़ी डाँट-डपट के बाद मैंने यह सोचा कि इतना गुस्सा भी अच्छा नहीं है, और वैसे भी अभी पानी सर से नहीं गुज़रा है।

नवाब : क्या बकते हो जी, पानी सर से नहीं गुज़रा? पता नहीं कहाँ से लड़की उठा लाया, न खानदान का पता, न माँ-बाप का।

रहमत : हुजूर, किसी को क्या पता था, मुमकिन है इसकी क़िस्मत में यही लिखी हो।

नवाब : हाँ, और क्या, इससे बेहतर बहाना और क्या हो सकता है? दुनिया भर के गुनाह करो, चोरी करो, दगाबाजी करो, ख़ून करो और फिर यह कह दो कि यह सब तो क़िस्मत में लिखा हुआ है।

रहमत : माफ़ कीजिएगा, मैंने ग़लत जुमला इस्तेमाल कर दिया होगा। मेरा मतलब यह था कि वो खुद फँस ही इस तरह गया था कि मजबूर हो गया।

नवाब : इसने मजबूर होने का मौका ही क्यों दिया?

रहमत : अब हुजूर, वो आपकी ही समझ और दूरअन्देशी कहाँ से ला सकता है? बच्चा फिर भी बच्चा है, नातजुर्बेकारी की वजह

से उनसे यह गलतियाँ हो ही जाती हैं। मसलन अब आप अफ़ज़ल मियाँ ही को ले लीजिए। वो तो आपके बेटे से भी एक पग आगे हैं। हालाँकि मैंने पूरी कोशिश की, लेकिन सब बेकार। अब आप ही को लीजिए, आपका भी तो कभी जमाना था, मैंने तो यहाँ तक सुना है, कि जहाँ कहीं लड़की की नज़र आप पर पड़ी और वो वहाँ आह भर के बैठ गई। और फिर ये कि इसे आप निभाना भी खूब जानते थे।

नवाब : हाँ, हाँ, सही कहते हो। लेकिन मैं इस बेवकूफी की हद तक कभी न बढ़ा जो कि यह नालायक बढ़ चुका है। नालायकी की हद है जनाब।

रहमत : तो फिर हुजूर आख़िर आप उससे चाहते क्या हैं? उसने एक खूबसूरत लड़की को देखा, आँखें चार हुईं, लड़की का दिल उसके लिए बेक़रार हो गया। वैसे देखा जाए तो ये गुन भी उसने आप ही से पाया है। यानि कि निगाहें टकराईं और लड़की बेकरार हुई। आपस में इश्क की पतंगें लड़ने लगीं। यहाँ तक कि दोनों इश्क के समंदर में गोते लगाने लगे। यकायक उस लड़की के रिश्तेदार तलवार और भाले हाथों में लिए हुए उन दोनों को शादी पर मजबूर करते हैं। फिर आप ही बताएँ वो क्या कर सकता था? क्या आप ये गवारा कर सकते हैं, कि वो अपनी जान दे देता। इस किस्म की मौत से तो यही बेहतर है कि चुपचाप शादी कर ले।

नवाब : मुझे किसी ने क्यों नहीं बताया कि बात यूँ हुई थी।

रहमत : *(हशमत की तरफ इशारा करते हुए)* इससे पूछ लीजिए, यह भी यही कहेगा।

नवाब : *(हशमत से)* तो क्या वाकई उसे शादी करने पर मजबूर किया गया था।

हशमत : जी हाँ। हुजूरे आला।

रहमत : भला मेरी हिम्मत है, कि मैं आपके सामने झूठ बोलूँ?

नवाब : तो उसे चाहिए कि वो फ़ौरन जाकर पुलिस में रिपोर्ट लिखा दे।

रहमत : अरे हुजूर, वही तो वह करना नहीं चाहता है।

नवाब : तुम समझे नहीं। इससे कम-से-कम यह तो होगा कि शादी मनसूख करने में मुझे काफ़ी आसानी हो जाएगी।

रहमत : शादी मनसूख करने में?

नवाब : बेशक़।

रहमत : आप यह कभी नहीं करेंगे।

नवाब : नहीं करेंगे?

रहमत : जी नहीं।

नवाब : क्या, तुम्हारा मतलब क्या है? यानी कि मुझे एक बाप का हक़ भी हासिल नहीं, कि मेरे बेटे पर जो ज़ुल्म हुए हैं उनका बदला चुकाऊँ।

रहमत : वो यह बात कभी नहीं मानेगा।

नवाब : नहीं मानेगा?

रहमत : नहीं।

नवाब : मेरा बेटा?

रहमत : आपका बेटा। क्या आप यह गवारा कर लेंगे कि वो सब के सामने अपने आपको बुज़दिल करार दे। और यह मान ले कि उसकी वह शादी ज़बरदस्ती करवाई गई थी? क्या फ़रमाते हैं आप? क्या आप समझते हैं कि वो अपनी इज़्ज़त-आबरू को ख़ाक़ में मिलाने के लिए तैयार हो जाएगा? क्या वो अपने अब्बा हुजूर के नामोनुमूद से पूरी तरह वाकिफ़ नहीं है?

नवाब : क्या बकवास है?

रहमत : बकवास? यानी कि क्या फ़रमाते हैं आप? आपकी और उसकी दोनों की इज़्ज़त व आबरू के लिए यह भी जरूरी है कि दुनिया इसी धोखे में रहे कि उनकी शादी हँसी-खुशी हुई है।

नवाब : मेरी और उसकी दोनों की इज्ज़त व आबरू के लिए यह भी ज़रूरी है कि जो कुछ तुमने कहा है वो उससे बिल्कुल उल्टा कहे।

रहमत : वो यह भी नहीं मानेगा।

नवाब : वो मुझ पर छोड़ दो।

रहमत : वो यह कभी नहीं करेगा। आप देख लीजिएगा।

नवाब : उसे यह करना ही पड़ेगा। वरना मैं उसे जायदाद से महरूम कर दूँगा।

रहमत : क्या वाक़ई आप संजीदा हैं?

नवाब : बिल्कुल।

रहमत : बहुत अच्छा।

नवाब : क्या मतलब। बहुत अच्छा?

रहमत : आप उसे जायदाद से महरूम नहीं करेंगे।

नवाब : मैं उसे महरूम नहीं करूँगा।

रहमत : नहीं।

नवाब : नहीं?

रहमत : नहीं।

नवाब : क्या कमाल है साहब। यानी कि मैं अपने बेटे को जायदाद से महरूम नहीं करूँगा।

रहमत : मैं कहता हूँ कि नहीं।

नवाब : और मुझे रोकेगा कौन?

रहमत : आप खुद।

नवाब : मैं खुद?

रहमत : जी आपका दिल नहीं मानेगा।

नवाब : मानेगा कैसे नहीं?

रहमत : आप मज़ाक़ कर रहे हैं।

नवाब : कमाल है साहब।

रहमत : एक बाप की मोहब्बत उसके लिए भीख माँगेगी।

नवाब : कोई भीख-वीख नहीं माँगेगी।

रहमत : जी माँगेगी कैसे नहीं।

नवाब : मैं कहता हूँ कि नहीं।

रहमत : बकवास।

नवाब : अब बकवास कहना फ़ज़ूल है।

रहमत : मैं आपसे अच्छी तरह वाकिफ़ हूँ। आप दिल के निहायत ही अच्छे हैं।

नवाब : मैं बिल्कुल अच्छा नहीं हूँ। मैं जब चाहूँ बहुत ही बुरा बन सकता हूँ। पर, काफ़ी हो गई यह बहस। अब मुझे गुस्सा आने लगा है। *(हशमत से)* अरे वो नमक हराम, जा जाकर मेरे नालायक बेटे को यहाँ ले आ। *(अलग से)* इस दौरान मैं नवाब बन्ने मियाँ को तलाश करता हूँ ताकि उन्हें अपनी बदकिस्मती का हाल सुना दूँ।

रहमत : हुजूर, अगर मैं आपके लायक कोई खिदमत अदा कर सकता हूँ, तो आपको सिर्फ हुक्म देने की देर है।

नवाब : मैं तुम्हारा शुक्रगुज़ार हूँ। *(अलग)* उफ़्फ, आख़िर मेरी एक ही औलाद क्यूँ है? काश मेरी वो मरहूम लड़की इस वक़्त ज़िंदा होती, तो मैं उसे अपना वारिस बना देता। *(बाहर जाता है।)*

हशमत : यार रहमत, तुम तो गज़ब के आदमी निकले। अब तो ये तमाम मुसीबतें धुल गईं। सिर्फ़ एक क़सर बाक़ी रह गई है, और वो है पैसा। हमें भी आख़िर ज़िंदा रहना ही है और फिर ये महाजन खामखा नाक में दम किए हैं।

रहमत : वो सब छोड़ वो मुझ पर। मैंने सब के रास्ते निकाल लिए हैं। मुझे सिर्फ़ एक ऐसे आदमी की ज़रूरत है जिस पर कि मैं भरोसा कर सकूँ। एक काम लेना है मुझे उससे। अरे ज़रा देखो तो उस तरफ। टोपी ज़रा अपनी आँखों पर तो ले आओ। ठीक है। अब ज़रा अपने हाथ कमर पर रखो, आँखों में एक ख़ौफ़नाक़ चमक लाओ। शाबाश। अब ज़रा बड़े-बड़े कदम लेकर चलो तो। बिल्कुल ठीक। बस, बन गया काम। अब चलो मेरे साथ। मुझे तुम्हारा हुलिया एक डाकू की शक्ल में तब्दील करना है। और मैं तुम्हें बताऊँगा कि किस तरह बहुरुपिया बना जाता है।

हशमत : अगर कहीं ऊपर से पुलिस आ गई तो।

रहमत : घबराओ मत। मैं खुद अपनी गर्दन खतरे में डाल रहा हूँ। बहादुर बनने के लिए बरसों की मेहनत दरकार होती है।

(पर्दा गिरता है।)

दूसरा अंक

(नवाब बन्ने मियाँ और नवाब मुन्ने मियाँ दाख़िल होते हैं।)

ब. मियाँ : जी हाँ, अगर हवा मुआफ़िक़ रही तो आज उन्हें यहाँ पहुँच जाना चाहिए। एक मल्लाह ने मुझे बताया है कि जिस दिन वो वहाँ से चला था, वो लोग भी निकलने की तैयारी कर रहे थे। लेकिन आपने जो यह मनहूस ख़बर अपने बेटे के बारे में सुनाई है, वह हमारे तमाम इरादों पर पानी फेर सकती है। और इसीलिए अब तो मेरी लड़की का यहाँ पहुँचना और भी मुसीबत पैदा कर देगा।

मु. मियाँ : घबराइए नहीं, मैं सब ठीक-ठाक कर दूँगा। और इसी इरादे से मैं जा भी रहा हूँ।

ब. मियाँ : औलाद को पाल-पोस कर बड़ा करना वाक़ई बड़ी हुशियारी का काम है।

मु. मियाँ : सही फ़रमाते हैं आप, लेकिन इस जुमले की वजह?

ब. मियाँ : इसलिए कि एक नौजवान इस किस्म की ग़लती करता है, तो उसकी वजह यह है कि उसकी घरेलू तालीम में कमी रह गई है।

मु. मियाँ : हाँ अक्सर यही होता है। लेकिन आपके यह कहने का मतलब?

ब. मियाँ : मतलब क्या है?

मु. मियाँ : जी।

ब. मियाँ : मतलब यह कि अगर एक अच्छे और शरीफ़ बाप की तरह—जैसे

कि आप हैं, अगर आप इसकी तरबियत में होशियारी से काम लेते तो आज ये दिन देखना नसीब न होता।

मु. मियाँ : जी बहुत-बहुत शुक्रिया। आपने तो खैर, अपने बच्चों की तरबियत निहायत ही आला तरीकों पर की है।

ब. मियाँ : बिल्कुल। अगर कहीं मेरा लड़का इस किस्म की हरक़त कर बैठे तो मैं उसके साथ निहायत ही सख़्ती से पेश आऊँ।

मु. मियाँ : फ़र्ज कीजिए कि अगर आपके ये होनहार फ़र्ज़न्द—जिनकी तरबियत आपने इतने आला तरीक़े पर की है, मेरे बेटे से भी ज़्यादा बुरी हरकत कर बैठे हों तो?

ब. मियाँ : जी, क्या फ़रमाया आपने?

मु. मियाँ : क्या फ़रमाया, क्या?

ब. मियाँ : मेरा मतलब है कि, मतलब क्या है आपका?

मु. मियाँ : मतलब यह है, बन्ने मियाँ, कि पहले इन्सान को अपने गिरेबाँ में मुँह डालकर देखना चाहिए। शीशे के मकान में रहकर दूसरों के घरों पर पत्थर नहीं मारना चाहिए।

ब. मियाँ : यह पहेली तो मेरी समझ से बाहर है।

मु. मियाँ : जल्द ही समझ में आ जाएगी।

ब. मियाँ : क्या आपने कुछ मेरे बेटे के बारे में सुना है।

मु. मियाँ : फ़र्ज कीजिए, कि अगर मैंने कुछ सुना भी तो?

ब. मियाँ : आख़िर कुछ कहिए तो।

मु. मियाँ : आपके मुलाज़िम रहमत ने यूँ ही राह चलते यह ख़बर सुना दी थी, अगर आपको यक़ीन न हो तो आप उससे या किसी और से, इसकी पूछ ले सकते हैं। मैं यहाँ से सीधा वकील के पास जा रहा हूँ। देखता हूँ इस बारे में क्या राय देता है। आपका यह वन्दा नाचीज़ आदाब अर्ज़ करता है। **(जाता है)**

ब. मियाँ : *(अलग)* आख़िर बात क्या है? इससे बुरी ख़बर और क्या हो सकती है, यानी कि एक बेटा इससे ज़्यादा और क्या बुरी हरक़त कर सकता है? माँ-बाप की रज़ामन्दी के बग़ैर शादी

करना मेरी नज़रों में सबसे बुरी चीज़ है।

(अफ़ज़ल दाखिल होता है)

अफ़ज़ल : *(दौड़कर गले लगाने की कोशिश करता है)* अस्लाम आलेकुम, अब्बा मियाँ। आप वापस तशरीफ़ ले आए?

ब. मियाँ : वालेकुम सलाम। लेकिन ज़रा दूर से। पहले मुझे तुमसे एक सवाल करना है।

अफ़ज़ल : लेकिन अब्बा मियाँ पहले गले तो मिल लीजिए।

नवाब : गले वगैरा बाद में।

अफ़ज़ल : लेकिन अब्बा मियाँ आप इतनी दूर से सफ़र से आए हैं और मैं...

नवाब : नहीं इससे पहले मेरे सामने जो एक पहेली खड़ी हो गई है उसे भी बुझाना है।

अफ़ज़ल : कैसी पहेली?

नवाब : मेरी तरफ़ देखो?

अफ़ज़ल : क्या, बात क्या है?

नवाब : मेरी आँखों में आँखें डालकर देखो।

अफ़ज़ल : देख लिया।

नवाब : अब बताओ, कि यह सब क्या है?

अफ़ज़ल : यह सब क्या है?

नवाब : हाँ! मेरी पीठ पीछे यह सब गुल खिलाए हैं?

अफ़ज़ल : लेकिन मैं खिला सकता भी क्या था?

नवाब : मैं यह नहीं कहता, कि क्या खिला सकते थे। मैं यह कह रहा हूँ कि तुमने क्या खिलाये हैं?

अफ़ज़ल : मैंने? मैंने कोई ऐसी हरक़त नहीं की है, जिससे आपको शिकायत का मौक़ा मिल सके।

नवाब : नहीं।

अफ़ज़ल : जी नहीं।

नवाब : बेशर्मी की हद है।

अफ़ज़ल : इसलिए कि मैं जानता हूँ कि मैं बेकसूर हूँ।

नवाब : लेकिन रहमत के मुँह से कुछ और ही सुन रहा हूँ।

अफ़ज़ल : रहमत?

नवाब : हाँ। अब क्यूँ चौंके?

अफ़ज़ल : रहमत ने मेरे बारे में आपको कुछ बताया है?

नवाब : ख़ैर, इस किस्से को तो मैं यहीं छोड़ता हूँ। इस किस्म की बात के लिए यह जगह मुनासिब नहीं है। लेकिन मैं इस बारे में पूरी मालूमात हासिल करके रहूँगा। चलो अब घर जाओ। मैं सीधा वहीं जा रहा हूँ। अगर तुम अपनी हरक़तों से बाज़ न आए तो ज़िन्दगी भर तुम्हारा मुँह न देखूँगा। *(जाता है)*

अफ़ज़ल : *(अलग)* नमक हराम कहीं का, बिच्छू। मौक़ा पड़ते ही डंक मार गया। अब्बा मियाँ के सामने सब कुछ उगल दिया। लेकिन मैं भी वो बदला लूँगा कि ज़िंदगी भर याद रखेगा।

(रहमत और मुनीर दाख़िल होते हैं)

मुनीर : यार रहमत, तुम तो कमाल के आदमी निकले। मैं तुम्हारा यह एहसान ज़िंदगी भर न भूलूँगा। वाक़ई किस्मत वाला हूँ, जो तुम जैसा हीरा मिला।

अफ़ज़ल : *(रहमत से)* हूँ। तो आ गए तुम। तुम्हें देख कर तो मैं खिल उठता हूँ।

रहमत : यह ख़ादिम आपकी इस ज़र्रा नवाज़ी का एहसानमंद है।

अफ़ज़ल : *(तलवार निकालते हुए)* अभी मैं तेरी सारी ज़र्रा नवाज़ी निकाले देता हूँ। ठहर तो सही।

अफ़ज़ल : *(घुटनों के बल गिरते हुए)* हुजूर।

मुनीर : *(बीच में पड़ते हुए)* अफ़ज़ल क्या कर रहे हो?

अफ़ज़ल : मुनीर, तुम इस वक़्त बीच में न बोलो।

रहमत : लेकिन हुजूर-हुजूर?

मुनीर : खुदा के लिए—सुनो तो।

अफ़ज़ल : छोड़ दो मुझे। मुझे इसकी ज़लालत का मज़ा चखाना है।

मुनीर : लेकिन इसका कुसूर तो बताओ।

रहमत : जी हाँ हुजूर। आख़िर मेरा कुसूर तो बताओ।

अफ़ज़ल : मुझे अच्छी तरह मालूम है—बदमाश कहीं का।

मुनीर : अरे-अरे क्या कर रहे हो यार।

अफ़ज़ल : नहीं, मुनीर, पहले इसने जो नमकहरामी की है वो कुबूलवाना चाहता हूँ और वो भी इसी वक्त। फौरन। तू यह समझता था कि मेरे पंजे से बच जाएगा। हूँ लेकिन मुझे तेरी सारी बदमाशी मालूम हो चुकी है। फौरन कुबूल कर, वर्ना यह तलवार भी तेरे जिस्म के पार होगी।

रहमत : आं, आं-न-न-लेकिन हुजूर, आपका दिल यह कैसे गवारा कर लेगा?

अफ़ज़ल : मेरे पास फ़जूल वक़्त नहीं है।

रहमत : तो क्या हुजूर मुझसे कुछ गलती हो गई है?

अफ़ज़ल : अबे गलती के बच्चे, तुझे भी अच्छी तरह मालूम है कि मैं किस बारे में पूछ रहा हूँ।

रहमत : खुदा की क़सम, मुझे कुछ पता नहीं, आप फ़रमा रहे हैं।

अफ़ज़ल : *(बढ़ते हुए)* पता नहीं है?

रहमत : ख़ैर, अब अगर आप मज़बूर करते हैं तो सुन लीजिए। याद है कुछ रोज़ हुए आपने विलायत से एक ख़ास शराब मँगायी थी, लेकिन उसके पीपे में कहीं से छेद हो गया था, और वो तमाम शराब बह गई थी। असल बात यह थी, कि मैं और मेरे दोस्त शराब चट कर गए थे, और आपको धोखे में रखने के लिए पीपे के आरपार पानी डाल दिया था, ताकि आप समझें कि शराब बह गई है।

अफ़ज़ल : ओह, तो वह हरक़त तुम्हारी थी। और मैंने ख़ामख़ाह मुलाज़िमों को झिड़क डाला। यह समझकर कि कुसूर उसका है।

रहमत : जी हाँ, हुजूर, मैं इस कुसूर की मुआफ़ी चाहता हूँ।

अफ़ज़ल : माफ़ किया लेकिन जिस चीज़ के बारे में मैं पूछ रहा हूँ वह यह बात नहीं थी।

रहमत : वह बात नहीं थी हुजूर?

अफ़ज़ल : नहीं। वो इससे कहीं ज़्यादा अहम बात है, और मैं तुझसे इसी

वक़्त कुबूलवाकर छोड़ूँगा।

रहमत : लेकिन हुजूर, मुझे इसके सिवा और कुछ याद नहीं है।

अफ़ज़ल : *(धमकाते हुए)* तो तुम नहीं फूटोगे?

रहमत : आह–

(अफ़ज़ल मुनीर को पकड़ लेता है)

रहमत : तो फिर सुन लीजिए–याद है, तीन हफ़्ते पहले, आपने मुझे एक घड़ी दी थी ताकि मैं उसे एक ख़ानाबदोश लड़की को, जिससे आप इश्क फ़रमाते हैं, जाकर दे आऊँ। मैं जब वहाँ से वापस आया था, तो मेरा चेहरा ख़ून से लथपथ था। और मेरे तमाम कपड़े मिट्टी से अटे हुए थे। और मैंने आपको बताया कि रास्ते में मुझे कुछ चोर, लुटेरे मिल गए थे, जिन्होंने मुझे खूब मारा-पीटा और घड़ी मुझसे छीन ली। असल बात यह थी–वो घड़ी मैंने खुद ही चुराई थी।

अफ़ज़ल : तुमने चुराई थी? मेरी घड़ी?

रहमत : जी हाँ हुजूर। ताकि मुझे हमेशा सही वक़्त मालूम होता रहे।

अफ़ज़ल : हूँ। तो आज मैं बहुत कुछ सीख रहा हूँ। मेरा निहायत ही ईमानदार आदमी से सामना पड़ा है। लेकिन यह बात भी नहीं है जिसके बारे में मैं तुझसे पूछ रहा हूँ।

रहमत : नहीं।

अफ़ज़ल : नहीं पाजी, नहीं। वो इससे भी बदतर चीज़ है।

रहमत : *(अलग से)* दिमाग़ चाट गया।

अफ़ज़ल : जल्दी करो, जल्दी। सारा दिन नहीं पड़ा है।

रहमत : हुजूर बस, इतना ही था।

अफ़ज़ल : अरे, अरे, अरे।

रहमत : अच्छा तो फिर सुन लीजिए–याद है छः महीने हुए आपका रात के वक़्त एक बदमाश से साबक़ा पड़ा था और उसने बुरी तरह से आपकी हड्डियाँ-पसलियाँ नरम की थीं, और भागते वक़्त घबराहट के मारे एक गड्ढे में औंधे मुँह गिर पड़े थे और आपकी गर्दन टूटते-टूटते बची थी।

अफ़ज़ल : हाँ तो।

रहमत : हुजूर वो बदमाश मैं ही था।

अफ़ज़ल : तू था? बदमाश लुच्चा कहीं का।

रहमत : हुजूर वो मैंने, इसलिए किया था कि आइंदा आप कभी हम लोगों को आधी रात के वक़्त काम के लिए दौड़ाया नहीं करेंगे, जैसा कि आप हमेशा किया करते हैं।

अफ़ज़ल : मैं यह सब कुछ आइंदा के लिए याद रखूँगा। और तेरा अच्छी तरह से इलाज करूँगा। लेकिन इस वक़्त तू यह बता कि तूने मेरे अब्बा मियाँ से क्या कहा था?

रहमत : आपके अब्बा मियाँ से?

अफ़ज़ल : हाँ बे हाँ। आस्तीन के साँप, मेरे अब्बा मियाँ से क्या कहा था तूने।

रहमत : लेकिन हुजूर, उनकी वापसी के बाद से तो मेरी उनसे मुलाकात भी नहीं हुई।

अफ़ज़ल : मुलाकात नहीं हुई?

रहमत : जी नहीं हुजूर।

अफ़ज़ल : झूठ बोलता है तू।

रहमत : जी नहीं हुजूर। आप खुद उनसे पूछ सकते हैं।

अफ़ज़ल : अबे उन्होंने खुद ही मुझसे यह बात कही थी।

रहमत : तो फिर माफ़ कीजिएगा—वो साफ़ झूठ बोल गए।

(मस्तू दाख़िल होता है)

मस्तू : हुजूर, एक बड़ी बुरी ख़बर लाया हूँ।

अफ़ज़ल : क्या हुआ?

मस्तू : ख़ानाबदोश आपकी चहीती नीली को ज़बरदस्ती उठाके ले जा रहे हैं। बुरे हाल हैं उसके हुजूर। उसने रो-रो कर मुझ से यह दरख्वास्त की है, कि मैं आपके पास जाकर आपको यह ख़बर दूँ कि अगर दो घंटों के अंदर ही अंदर आपने उन्हें रुपये नहीं भेजे तो आप हमेशा के लिए उसे खो बैठेंगे।

अफ़ज़ल : दो घंटों के अंदर ही अंदर?

मस्तू : जी हाँ हुजूर? *(चला जाता है।)*

अफ़ज़ल : ओह मेरे अच्छे रहमत। खुदा के लिए मेरी मदद करो।

रहमत : *(रूठता है और ज़रा ऐंठ कर सामने से गुज़रता है)* ओह मेरे अच्छे रहमत। अब वक़्त पड़ा तो मेरे अच्छे रहमत हो गया।

अफ़ज़ल : मैं तुम्हारे पिछले सारे कुसूर माफ़ कर दूँगा।

रहमत : जी नहीं, कोई ज़रूरत नहीं है माफ़ करने की। तलवार पार कर दीजिए मेरे। बेहतर है आप मेरी जान ही ले लें।

अफ़ज़ल : कैसी बातें कर रहे हो? खुदा के लिए मुझे बचा लो।

रहमत : नहीं नहीं, बेहतर है कि यह तलवार मेरे जिस्म के पार ही हो जाए।

अफ़ज़ल : मैं तुम्हें कैसे खो सकता हूँ? हमेशा आड़े वक़्त में तुम मेरे काम आए हो। इस वक्त भी बचा लो मुझे।

मुनीर : रहमत, अब कुछ न कुछ तो तुम्हें इनके लिए करना ही पड़ेगा।

रहमत : अजी वाह! इनका अभी बर्ताव देखा था आपने मेरे साथ?

अफ़ज़ल : अरे अब भूल जाओ इसे। मैं माफ़ी चाहता हूँ बस।

मुनीर : अरे अब भूल भी जाओ रहमत।

रहमत : आपको पता नहीं मुझे किस कद्र ज़हनी तकलीफ़ हुई है।

मुनीर : अब पिछली बातों को याद करने से क्या फायदा?

अफ़ज़ल : मुझसे ग़लती हो गई थी। मैं मानता हूँ।

रहमत : लुच्चा, पाजी, बदमाश—सभी कुछ कह डाले।

अफ़ज़ल : मैं सच्चे दिल से माफ़ी चाहता हूँ, रहमत। इस वक़्त मेरा साथ न छोड़ो। यह लो मैं तुम्हारे सामने घुटनों पर गिर जाता हूँ। *(घुटनों पर गिरता है)*

मुनीर : रहमत, अरे हटाओ, अब मुआफ़ भी कर दो।

अफ़ज़ल : चलो कर दिया, मुआफ़। लेकिन आइंदा कुछ करने से पहले ही सोच लिया कीजिएगा।

अफ़ज़ल : तो फिर कुछ मेरी मदद करोगे?

रहमत : सोचूँगा।

अफ़ज़ल : लेकिन इस वक़्त सोचने का वक़्त ही कहाँ है?

रहमत : घबराओ नहीं, कितने रुपयों की ज़रूरत है?

अफ़ज़ल : पाँच सौ की।

रहमत : *(मुनीर से)* और तुमको?

अफ़ज़ल : दो सौ।

रहमत : कोई बात नहीं। मैं तुम दोनों के वालिदों से ये रुपये निकाल लूँगा। *(मुनीर से)* जहाँ तक तुम्हारे अब्बा हुज़ूर का सवाल है तो उसका हल मैंने सोच भी लिया है। *(अफ़ज़ल से)* और तुम्हारे लिए तो मुझे और भी कम दिक्कत होगी। हालाँकि उनकी मुट्ठी हमेशा बंद रहती है, लेकिन शुक्र है खुदा ने अक़्ल कुछ कम ही दी है। बुरा न मानिए। आप में और उनमें ज़मीन-आसमान का फ़र्क है।

अफ़ज़ल : तो फिर चलो।

रहमत : वो देखो, सामने से मुनीर मियाँ के अब्बा हुज़ूर तशरीफ़ ला रहे हैं। पहले मुझे उनसे निपट लेने दो। मेरा ख़्याल है अब तुम दोनों यहाँ से छू हो जाओ। *(मुनीर से)* और हाँ, हशमत को जल्दी से यहाँ रवाना करो ताकि...

(मुनीर और अफ़ज़ल बाहर जाते हैं रहमत एक तरफ़ हो जाता है। नवाब मुन्ने मियाँ दाखिल होते हैं।)

रहमत : *(अलग)* जो माँगे, अपने आप से बातें करते हुए।

नवाब : *(यह समझकर कि अकेले हैं)* आख़िर इतना गधापन कर कैसे गया? कि इस किस्म की शादी में फँस गया? आजकल ये लौंडे भी बिल्कुल उल्लू के पट्ठे हैं।

रहमत : आपका खादिम हुज़ूर।

नवाब : अरे क्यों, अच्छे तो हो रहमत?

रहमत : जी हुज़ूर। मेरा ख़्याल है, आप अभी तक अपने बेटे ही के बारे में परेशान हैं।

नवाब : हाँ मैं वाकई उससे बहुत नाराज़ हूँ।

रहमत : हुज़ूर। ज़िंदगी तो मुसीबतों से भरी हुई है। इन्सान को हमेशा चाहिए कि वो हर मुसीबत का सामना करने के लिए तैयार

रहे। हुजूर, अरसा हुआ जब मेरी मुलाकात एक बहुत ही पहुँचे हुए फ़कीर से हुई थी, और जो कुछ उन्होंने बताया था, मैं उसे कभी नहीं भूल सकता हूँ।

नवाब : क्या बताया था उन्होंने?

रहमत : यही, कि अगर आदमी सफ़र पर जाए, तो उसे पहले ही सोच लेना चाहिए, कि वो जब वापस आएगा तो उसकी हर चीज़ तबाह हो चुकी होगी, मसलन उसका घर जल चुका होगा, उसका तमाम रुपया चोरी हो गया होगा, उसके लड़के की टाँग टूट चुकी होगी। उसकी लड़की किसी आवारा आदमी के साथ भाग चुकी होगी, और इसलिए वापस आकर जो चीज़ भी उसे असली हालत में मिले उसे खुदा का शुक्र वजा लाना चाहिए। मैं अदना इन्सान अपने इस अदना फ़लसफ़े पर बराबर चलता आया हूँ। और मैं जब भी घर वापस लौटता हूँ, यही उम्मीद रखता हूँ कि या तो मेरी खाल उधेड़ी जाएगी, या फिर मुझे जूते खाने पड़ेंगे। अब अगर कुछ नहीं तो एक-आध छड़ी तो पीठ पर पड़ ही जाएगी, और इसलिए अगर मैं सस्ता छूट जाता हूँ, तो खुदा का शुक्र अदा करता हूँ।

नवाब : यह सब ठीक है। लेकिन इस वेवक्त की शादी ने सत्यानाश कर रखा है। इसका क्या करूँ? इसी बारे में मैं अभी-अभी एक वकील के पास से मिलकर आ रहा हूँ।

रहमत : अरे खुदा के लिए आप वकीलों के फिकर में न पड़िये। आप जानते हैं कि यहाँ के वकील कैसे होते हैं। जहाँ तक बने किसी और तरीके से इस मुआमले को सुलझाने की कोशिश कीजिए।

नवाब : ठीक कहते हो। लेकिन कोई तरीका भी तो दिखाई दे।

रहमत : अगर आप बुरा न मानें तो मैंने एक तरीका निकाल भी लिया है। सच कहता हूँ जिस वक़्त से आपको इस मुसीबत में घिरा हुआ देखा है, खाना-पीना सब छूट गया। पर यही सोचता रहा, कि आप जैसे नेक दिल इन्सान की किसी-न-किसी तरीके

से मदद करूँ।

नवाब : शुक्रिया। बहुत-बहुत शुक्रिया।

रहमत : हुजूर। मैं उस लड़की के भाई से मिला था। भाई क्या, अच्छा ख़ासा डाकू मालूम होता है। किसी का खून कर देना उसके बाएँ हाथ का खेल है। मैंने उसे काफ़ी समझाने की कोशिश की, और उसे बताया कि बजाय इस मार-धाड़ के अगर इस काम को समझदार लोगों की तरह किया जाए तो काफ़ी अच्छा है। आपकी समझदारी, लियाक़त, नेक़दिली और तारीफ़ों के मैंने पुल बाँध दिये, और मैं उसके पीछे इस बुरी तरह से हाथ धोकर पड़ गया, कि आख़िरकार वह इस बात पर राज़ी हो गया कि वो कुछ रकम लेकर बहन की शादी का मामला झट से खतम कर देगा।

नवाब : कितनी रक़म चाहता है वह?

रहमत : शुरू-शुरू में तो ख़ैर वह हद से बढ़ रहा था।

नवाब : क्या मतलब!

रहमत : मेरा मतलब है कि—अजी छोड़िए भी, इस बारे में कहना ही फ़िजूल है।

नवाब : अरे कुछ कहो तो। आख़िर कितना माँगता है?

रहमत : वही बस, पाँच छः सौ रुपयों से कम नहीं।

नवाब : पाँच-छः सौ रुपये? क्या आख़िर वह समझता क्या है? क्या मैं इतना उल्लू हूँ?

रहमत : जी हुजूर, बिल्कुल वही बात मैंने उससे कही। मैंने साफ इनकार कर दिया, और उसको बताया कि आप इतने भोले-भाले नहीं हैं, कि उसे पाँच-छः सौ रुपये यू ही फ़िजूल में देंगे। आख़िरकार बड़ी ही हुज्जतों के बाद, वो कहने लगा वक़्त आ गया है, कि अब मैं फ़ौज में भरती हो जाऊँ, और मुझे इसीलिए रुपये की सख़्त ज़रूरत है, मुझे एक घोड़ा खरीदना होगा, जिसके लिए कम-से-कम साठ रुपये तो चाहिए ही।

नवाब : क्या?

रहमत : फिर वो कहने लगा—मुझे ज़ीन-वीन और लग़ाम-वग़ाम खरीदना होगी, जिसके लिए कम-अज़-कम बीस रुपये तो चाहिए ही।

नवाब : साठ और बीस अस्सी हुए।

रहमत : बिल्कुल।

नवाब : चलो खैर, कोई बात नहीं। मिल जाएँगे अस्सी।

रहमत : फिर वो कहने लगा मुझे नौकर के लिए भी एक टट्टू लेना है और उसकी कीमत कम-अज़-कम तीस रुपये होगी।

नवाब : जहन्नुम में जावे वो, और उसका टट्टू। चलने दो पैदल। मैं एक कौड़ी नहीं दूँगा।

रहमत : हुजूर।

नवाब : नहीं वो छँटा हुआ बदमाश है।

रहमत : क्या आप ये चाहेंगे कि उसका नौकर पैदल चले?

नवाब : मालिक और नौकर जिस तरह चाहें चलें, मेरे ठेंगे से। मैं अदालत जाऊँगा।

रहमत : अरे हुजूर। क्या फ़रमा रहे हैं आप? खुदा के लिए वकीलों के चक्कर में न पड़िये आप। बजाय वहाँ दौलत लुटाने के, जो कुछ ये माँग रहा है, दे दीजिए।

नवाब : अच्छा, खैर, तीस वो भी दे दूँगा।

रहमत : फिर वो कहने लगा—सामान लादने के लिए मुझे एक खच्चर की ज़रूरत है।

नवाब : खच्चर गया जहन्नुम में। अब ये ज्यादती कर रहा है। मुझे अब वकील करना ही पड़ेगा

रहमत : खुदा के लिए हुजूर।

नवाब : नहीं, अब मैं तय कर चुका हूँ।

रहमत : हुजूर सिर्फ़ एक छोटा-सा खच्चर।

नवाब : मैं उसे एक गधा तक नहीं दूँगा।

रहमत : सोच लीजिए।

नवाब : सोच लिया। मुझे अदालत जाना ही पड़ेगा।

रहमत : अरे हुजूर, यह मत कीजिए। अब वहाँ जाकर कहाँ फँसोगे?

ज़रा सोचिए तो कि आपको दिन-दिन चापलूसों से और धोखेबाजों के पंजों से गुज़रना पड़ेगा। फैसलें होंगे, अपीलें होंगी, रात-दिन का चैन हराम हो जाएगा। मामूली क्लर्कों से लेकर जजों तक सब की मुट्ठी गरम करनी पड़ेगी। और फिर भी कोई भरोसा नहीं कि वे लोग क्या से क्या कर दें। हुज़ूर, उनमें से जो भी चाहे मामला बिगाड़ सकता है। आप ही का वकील दूसरी तरफ जाकर आप ही का केस कहीं खराब कर दे। उलटा आप ही को कहीं फाँस न बैठे। ये भी हो सकता है कि आपका क्लर्क जो चाहे रिपोर्ट में दर्ज कर दे। अगर आपको मालूम हो गया तो वो कह देंगे कि ग़लती हो गयी। जब चाहेंगे आपके ज़रूरी काग़जात गायब कर दें। या हर चीज़ ग़लत पेश कर दें। अगर गिरते-पड़ते आप इन तमाम मुसीबतों से निकल भी गए तो मालूम होगा कि जज साहब को किसी ने आपके खिलाफ़ भड़का दिया है। फिर आप सोचेंगे कि फैसला क्या होगा? अरे हुज़ूर, कहाँ आप इन मुसीबतों में फँसे जा रहे हैं। अदालत में जाना तो एक किस्म की ज़िंदा मौत है। मैं तो उसका नाम सुनते ही काँप उठता हूँ।

नवाब : खच्चर के बारे में उसने कितना कहा था?

रहमत : हुज़ूर, खच्चर, उसका खुद का घोड़ा, नौकर का टट्टू, जीन, पोस्तीन और उसका थोड़ा-सा कर्ज जो कि उसे चुकाना है वो सब मिलाकर मैंने उसे दो सौ रुपये पर राज़ी किया है।

नवाब : दो सौ रुपये?

रहमत : जी।

नवाब : *(गुस्से में टहलते हुए)* नहीं, मैं अदालत जाऊँगा।

रहमत : सोच लीजिए।

नवाब : सोच लिया। मैं अदालत जाऊँगा।

रहमत : बिना सोचे-समझे ऐसा कदम न उठाइए।

नवाब : मैं कह चुका हूँ कि अदालत में जाऊँगा।

रहमत : लेकिन इस मुकदमाबाजी में यह तो सोचिए कि आपका ख़र्च

कितना हो जाएगा? आप मुक़दमा दायर करेंगे, फीस देनी पड़ेगी, क्लर्कों को खिलाना पड़ेगा, वक़ील अपना खर्च अलग लेगा। इसके बाद रजिस्टरी होगी, उसकी फीस अलग। इसके बाद उसकी कापियाँ बनेंगी, फिर बहस-मुबाहिसे होंगे, बड़ी-बड़ी फाइलें बनेंगी, जज की फ़ीस अलग होगी, रजिस्ट्रेशन, वारंट्स, स्टांप्स, और दुनिया भर के दूसरे झगड़े। क्लर्कों से कापियाँ बनवाना, फिर इस दौरान में जो-जो रिश्वतें आपको इधर-उधर के लोगों को देनी पड़ेंगी, वो अलग रहीं। मैं जो कहता हूँ कि आप उस आदमी को रुपये दे दें।

नवाब : कितने? दो सौ रुपये?

रहमत : मैं पूरा हिसाब कर चुका हूँ। अगर आप इस आदमी को दो सौ रुपये दे देंगे तो आप कम-अज़-कम डेढ़ सौ रुपये की बचत कर लेंगे। और फिर इन वकीलों को तो जानते ही हैं। सबके सामने अदालत के अंदर कैसे गढ़े हुए मुर्दे उखाड़ते हैं। मैं अगर आपकी जगह होता तो तीन सौ रुपये तक दे देता। लेकिन अदालत मैं क़दम नहीं रखता।

नवाब : बकवास है। मजाल है कोई वकील मेरे खिलाफ़ कुछ कहे।

रहमत : खैर, जैसी आपकी मर्ज़ी। लेकिन सोच लीजिए।

नवाब : मैं हर्गिज़ दो सौ रुपये नहीं दूँगा।

रहमत : अरे ये लीजिए आदमी खुद ही आ गया।

(हशमत दाखिल होता है, जो डाकू के भेष में है)

हशमत : रहमत। ये मुन्ने मियाँ किस किस्म का आदमी है?

रहमत : क्यों, क्या बात है?

हशमत : मैंने उड़ती-उड़ती ख़बर सुनी है कि वो अदालत में जाकर मेरी बहन की शादी कानूनन तुड़वाना चाहता है।

रहमत : वो तो मुझे भी पता नहीं। लेकिन उन्होंने छः सौ रुपये देने से इनकार कर दिया है। कहने लगे—बहुत ज़्यादा हैं।

हशमत : खून। खून। पच्चीस हज़ार खून। मेरी आँखों में खून उतर रहा है। अगर कहीं वो मेरे हत्थे चढ़ गया तो उसकी एक-एक

वोटी उसके जिस्म से उतार कर एक ताग़े में पिरो कर पेड़ पर सूखने के लिए लटका दूँगा। चाहे फिर मुझे फाँसी के तख्ते पर ही क्यों न चढ़ना पड़े। *(नवाब मुन्ने मियाँ बुरी तरह काँप रहे हैं और रहमत के पीछे छुपने की कोशिश करते हैं।)*

रहमत : नवाब मुन्ने मियाँ कोई मामूली हस्ती नहीं हैं, वो इन गीदड़ भभकियों में नहीं आने वाले।

हशमत : क्या बकता है? उफ, शायद मैं गुस्से से पागल हो जाऊँगा। अगर कहीं इस वक़्त वो यहाँ मौजूद होता तो मेरी यह तलवार उसके जिस्म के पार होती। *(नवाब साहब को देखकर)* यह कौन है?

रहमत : यह वो नहीं है हुजूर, यह वो नहीं है।

हशमत : तो फिर शायद उसका कोई दोस्त है।

रहमत : जी नहीं हुजूर, बल्कि यह तो उसके सबसे बड़े दुश्मन हैं।

हशमत : सबसे बड़े दुश्मन?

रहमत : जी?

हशमत : तुम उस लुच्चे नवाब मुन्ने मियाँ के वाकई दुश्मन हो?

रहमत : मुझसे बात कीजिए न।

हशभत : *(बुरी तरह नवाब साहब से हाथ मिलाते हुए)* मुझे आप जैसे मर्द आदमी से हाथ मिलाते हुए बड़ी खुशी हो रही है। जनाब आला मैं अपनी इस तलवार पर हाथ रख कर क़सम खाता हूँ कि शाम होने तक मैं आपका इस बदमाश और लफंगे मुन्ने मियाँ से पीछा छुड़ा दूँगा।

रहमत : लेकिन हुजूर। इस किस्म की हरक़तें खिलाफे कानून हैं।

हशमत : बकवास। देखें कोई क्या बिगाड़ लेता है मेरा। ज़रा छू कर तो देखें।

रहमत : लेकिन इससे निपटना आसान नहीं है। उसके साथ हमेशा उसके दोस्तएहसाब और नौकर रहते हैं।

हशमत : अच्छा है, और मज़ा आ जाएगा। उसको तो मैं चूहे की मौत मारूँगा। *(तलवार निकालते हुए)* आ जा सामने। देखता हूँ

तू कितने साथी लेकर आया है। एक-एक को कुत्ते की मौत मारूँगा। बढ़ते क्यों नहीं? यह बात है...यह बात... *(आगे बढ़-बढ़ कर तलवार इस तरह चलाता है जैसे कि कई लोगों से तलवार लड़ा रहा है)* शाबाश लेकिन सम्हालो, जहन्नुम तक पीछा नहीं छोड़ूँगा। यह ले, यह ले। कहाँ भागता है। अब बचके कहाँ जाओगे? बुजदिल कमीने तू भी लिए जा, क्या याद करेगा कि किसी मर्द से पाला पड़ा है। अबे वहाँ कहाँ हट रहा है? तू भी चखेगा।

रहमत : अरे अरे हुजूर? लेकिन हम इस टोली में नहीं हैं।

हशमत : देख लूँगा, बोटियाँ काट कर सूखने के लिए डाल दूँगा। *(जाता है)*

रहमत : देख लिया आपने हुजूर? सिर्फ दो सौ रुपये के लिए इतने आदमियों का खून ख़राबा होगा। इजाज़त दीजिए, मैं चलता हूँ।

नवाब : *(काँपते हुए)* रहमत।

रहमत : जी।

नवाब : मैं उसे दो सौ रुपये देने के लिए तैयार हूँ।

रहमत : शुक्र है, आप समझे तो।

नवाब : चलो और उसे ढूँढ़ लो। पैसे मेरे पास ही हैं।

रहमत : आप ऐसा कीजिए, वो रुपये मुझे दे दीजिए, मैं उस तक पहुँचा दूँगा। आपका वहाँ जाना ठीक नहीं है। अभी-अभी तो हमने उसे बताया था कि आप कोई और हैं। इसमें आपकी इज़्ज़त का सवाल है। दूसरी बात यह कि हो सकता है, अगर आप उसके सामने जाएँ तो उसकी नीयत ख़राब हो जाए। और बजाय दो सौ के कुछ ज़्यादा माँगे।

नवाब : जाओ।

रहमत : क्यूँ क्या, आपको भरोसा नहीं है मुझ पर?

नवाब : हाँ हाँ, लेकिन।

रहमत : बहुत अच्छा। तो या तो मैं बदमाश हूँ या ईमानदार हूँ। इन

दोनों में से कोई एक ही हूँगा। पहले आप यह बताइए कि आपको धोखा देकर मुझे क्या मिलेगा? मैं तो सिर्फ़ आप और आपके बेटे की खिदमत करता आया हूँ। लेकिन अगर आपको मुझ पर भरोसा नहीं है तो फिर में फौरन इस मामले से हट जाता हूँ। आप किसी और का बंदोबस्त कर लीजिए।

नवाब : *(रुपये देते हुए)* अजी अजी यह भी क्या बात हुई। यह लो रुपये।

रहमत : जी नहीं। रुपयों का भरोसा मुझ पर न कीजिए तो बेहतर है। किसी और को दे दीजिए।

नवाब : अजी अब लो भी।

रहमत : जी नहीं, न कीजिए भरोसा, आपको क्या मालूम हो सकता है मैं ये रुपये खा आऊँ।

नवाब : क्या फ़जूल बात है जी। अब रखो भी। खामख़ा बहस किए जा रहे हो। लेकिन उससे इन रुपयों की रसीद लेना न भूलना।

रहमत : वो छोड़ दीजिए मुझ पर। मैं इतना बेवकूफ़ नहीं हूँ।

नवाब : तो मैं तुम्हारा घर पर इन्तजार करूँगा।

रहमत : बस, आँख झपकते ही मैं वहाँ पहुँचता हूँ। *(नवाब जाते हैं)* चलो एक तो तय हुआ। अब दूसरे की बारी है। अरे, ये लो उनकी कमबख्ती भी उन्हें खींच ले आ रही है। ख़ैर, किस्मत का लिखा कौन मिटा सकता है? गीदड़ की मौत आती है तो शहर की तरफ भागता है।

(नवाब बन्ने मियाँ दाखिल होते हैं)

रहमत : *(जैसे कि उन्हें देखा न हो)* ओ खुदाया, आख़िर ये मुसीबत के पहाड़ इस बेचारे नवाब बन्ने मियाँ ही पर क्यों टूट रहे हैं? उफ् बदकिस्मत बाप। अब तू इस मुसीबत से कैसे छूटेगा?

बन्ने मियाँ : *(अलग से)* हैं, यह क्या? यह रोती शक्ल बनाए हुए मेरे बारे में क्या कह रहा है।

रहमत : *(उसी तरह)* क्या मुझे ये कोई नहीं बताएगा कि मैं आख़िर नवाब बन्ने साहब को कहाँ पा सकूँ?

नवाब : क्या रहमत, क्या बात है?

रहमत : *(इधर-उधर स्टेज पर दौड़ता है, जैसे कि नवाब को देखा ही नहीं)* आख़िर मैं उन्हें ढूँढ़ूँ तो कहाँ ढूँढ़ूँ? यह दिल तोड़ने वाली ख़बर आख़िर मैं उन तक कैसे पहुँचाऊँ?

नवाब : *(उसके पीछे भागते हुए)* अरे आख़िर बात क्या है? कुछ कहो तो।

रहमत : *(उसी तरह)* शहर भर छान मारा, मगर उनका कहीं पता नहीं।

नवाब : अरे यहाँ तो हूँ। यह देखो।

रहमत : *(उसी तरह)* वो शायद जरूर कहीं न कहीं जाकर छिप गए हैं, जभी तो नहीं मिल रहे हैं।

नवाब : *(उसको पकड़ते हुए)* आहिस्ता-आहिस्ता, अबे क्या अंधे हो गए हो, जो मैं तुम्हें दिखाई नहीं दे रहा हूँ।

रहमत : अरे हुजूर, दुनिया भर में आपको ढूँढ़ मारा।

नवाब : और मैं आधे घंटे से तुम्हारे सामने झक मार रहा हूँ। आख़िर बात क्या है?

रहमत : हुजूर।

नवाब : क्या?

रहमत : हुजूर आपका बेटा।

नवाब : हाँ, हाँ मेरा बेटा।

रहमत : हुजूर वो एक बहुत ही खौफ़नाक मुसीबत में फँस गया है।

नवाब : क्या?

रहमत : अभी दो घंटे पहले मेरी मुलाकात आपके बेटे से हो गयी, जो कि निहायत ग़मगीन दिखाई दे रहा था। शायद आपने उससे कुछ कह दिया था। मैंने कहा—लाओ ज़रा उसका दिल बहलाने के लिए इसे बंदरगाह की हवाखोरी करा लाऊँ। वहाँ पहुँच कर हमारी नज़र एक छोटी-सी खूबसूरत किश्ती पर पड़ी। यह किश्ती किसी तुर्की की थी। ज़ल्द ही हमारी मुलाकात उस तुर्की से भी हो गयी। आदमी काफ़ी हसीन था, दो-चार मिनट ही बातें करने के बाद वह हमें अपनी किश्ती पर ले

गया। अन्दर ले जाकर उसने हमारी काफ़ी आवभगत की और दुनिया भर की खाने-पीने की चीज़ें हमारे सामने लाकर ढेर कर दीं।

नवाब : तो इसमें आख़िर ख़तरे की कौन-सी बात है?

रहमत : हुजूर, मैं वहीं पर आ रहा हूँ अभी। खाते वक़्त उसने किश्ती चलाने का हुक्म दिया। जब वो काफ़ी दूर समुंदर में पहुँच गई तो उसने मुझे एक नाव में जबरदस्ती बिठा कर डंगी से उतार दिया और आपसे यह कहने को कहा है कि अगर आपने फौरन पाँच सौ रुपये न भेजे तो वह आपके लड़के को फौरन अल्ज़ेरिया ले जाकर गुलाम बनाकर बेच डालेगा।

नवाब : पाँच सौ रुपये। शैतानियत की हद है।

रहमत : और उस पर तुर्रा यह कि उसने, मुझे सिर्फ़ दो घंटों की मोहलत दी है।

नवाब : बदमाश कहीं का। एक तो चोरी ऊपर से सीना जोरी।

रहमत : लेकिन बेटे की मोहब्बत आपको ये करने तक मजबूर कर ही देगी। जल्दी कीजिए वक़्त बिल्कुल नहीं है।

नवाब : लेकिन वो वहाँ उस किश्ती पर मरने गया ही क्यूँ था?

रहमत : हुजूर उसे ख्वाब में भी ख्याल नहीं था कि यूँ होगा।

नवाब : रहमत, फौरन उस तुर्की के पास जाओ और उसे कहो कि मैं कानून का दरवाजा खटखटाऊँगा।

रहमत : कानून और बीच समंदर में? आप शायद मज़ाक कर रहे हैं हुजूर।

नवाब : लेकिन वो वहाँ उस किश्ती पर मरने गया ही क्यों था?

रहमत : हुजूर, वाज़ वक़्त इन्सान की किस्मत ही ख़राब हो जाती है।

नवाब : रहमत वक़्त आ गया है कि तुम इस वक़्त अपनी नमक हलाली साबित करो।

रहमत : लेकिन कैसे हुजूर?

नवाब : तुम फौरन जाकर उस तुर्की से कहो कि मेरे बेटे को छोड़ दे, और जब तक मैं रुपया जमा करता हूँ, उस वक़्त तक

वह मेरे बेटे के बजाय तुम को अपने कब्ज़े में रखे।

रहमत : क्या फ़रमा रहे हैं, हुजूर? आप समझते हैं कि वह तुर्की इतना बेवकूफ़ है, कि आपके बेटे को छोड़ कर मुझ जैसे दो कौड़ी के आदमी को कबूल कर लेगा।

नवाब : लेकिन वो वहाँ किश्ती पर मरने गया ही क्यूँ था?

रहमत : हुजूर उसे क्या पता था कि यह होगा? याद रखिए मुझे सिर्फ़ दो घंटे की मोहलत दी गयी है हुजूर।

नवाब : कितना कहा था तुमने?

रहमत : पाँच सौ रुपये।

नवाब : पाँच सौ रुपये ? क्या उसका ज़मीर मलामत नहीं करता है?

रहमत : करता तो होगा हुजूर, लेकिन एक तुर्की ज़मीर जो ठहरा।

नवाब : इसे पता है कि पाँच सौ रुपये होते क्या हैं?

रहमत : जी हाँ हुजूर।

नवाब : क्या वो बदमाश यह समझता है कि रुपये पेड़ों पर उगते हैं।

रहमत : हुजूर, उन लोगों से अक्ल की बात की उम्मीद रखना फ़िजूल है।

नवाब : लेकिन वो उस किश्ती पर मरने गया ही क्यों था?

रहमत : सही फ़रमाते हैं आप, लेकिन इस मुसीबत को देखा ही किसने था? जल्दी कीजिए हुजूर, वक़्त बिल्कुल नहीं है।

नवाब : बहुत अच्छा, यह रही मेरे कपाट की चाबी। *(चाबी देता है)*

रहमत : जी हाँ।

नवाब : उसको खोलो।

रहमत : जी।

नवाब : बाएँ तरफ एक और चाबी रखी हुई मिलेगी, वह अंदर के हिस्से की चाबी है।

रहमत : जी हाँ, जी हाँ।

नवाब : उसमें मेरे पुराने कपड़े फैले पड़े हैं। वो जाकर किसी कबाड़ी की दुकान पर बेच डालो, और उन पैसों से मेरे बेटे को छुड़ा लाओ।

रहमत : *(चाबी वापस करते हुए)* हुजूर, आपको हो क्या गया है? मुझे इसके पाँच रुपये भी नहीं मिलेंगे। और फिर आप जानते ही हैं कि वक़्त बिल्कुल कम है।

नवाब : लेकिन वो उस किश्ती पर मरने गया ही क्यों था?

रहमत : उफ्। वही तोते की रट। और आप इस किश्ती को भूल जाइये कुछ देर के लिए। यह सोचिए कि वक़्त कितना कम रह गया है। *(रोना शुरू करता है)* उफ् मेरे बेचारे आपा पर न मालूम क्या बीत रही होगी। शायद वो कहीं अल्जेरिया के लिए चल न पड़े। लेकिन ऐ खुदा, तू मेरा गवाह है जो मैंने उसे बचाने की कोई क़सर नहीं छोड़ी। अगर वह कहीं बच न पाया तो मैं कयामत के रोज़ उसके वालिदे बुजुर्गवार को कुसूरवार ठहराऊँगा।

नवाब : रहमत तुम यहीं ठहरो, मैं जाकर रुपये ले आता हूँ।

रहमत : तो फिर जल्दी कीजिए हुजूर, मैं तो घड़ी का ख्याल करके ही काँप उठता हूँ।

नवाब : कितने कहे थे तुमने? चार सौ?

रहमत : जी नहीं—पाँच सौ रुपये।

नवाब : पाँच सौ रुपये।

रहमत : जी।

नवाब : लेकिन वो उस किश्ती पर मरने गया ही क्यों था?

रहमत : अरे हुजूर जल्दी कीजिए।

नवाब : क्या कोई और जगह नहीं मिली घूमने के लिए।

रहमत : जल्दी कीजिए हुजूर, जल्दी।

नवाब : उस किश्ती का बुरा हो।

रहमत : *(अलग)* मालूम होता है किश्ती इसके हलक में फँस कर रह गई है।

नवाब : ठहरो रहमत, मैं भूल ही गया था कि मुझे अभी-अभी इतनी रकम गिनियों की सूरत में मिली है, लेकिन किसे मालूम था, कि इतनी जल्दी इसे हाथ से खोना पड़ेगा। *(जेब से थैली*

निकालता है और रहमत की तरफ बढ़ाता है) ये लो, और जाकर मेरे बेटे को फौरन छुड़ा लाओ।

रहमत : *(हाथ बढ़ाते हुए)* लाइए जल्दी कीजिए हुजूर।

नवाब : *(थैली पीछे करते हुए)* लेकिन उस तुर्की के बच्चे से कह देना कि वह एक नंबर का बदमाश है।

रहमत : *(पहले की तरह)* जी हाँ।

नवाब : एक ज़लील कुत्ता है।

रहमत : जी हाँ, जी हाँ।

नवाब : एक चोर और गिरहकट।

रहमत : और उसे कह दूँगा।

नवाब : और उसे यह भी कह देना कि मुझसे ये रुपये लेकर उसने निहायत ही ज़लालत का सबूत दिया है।

रहमत : जी हाँ।

नवाब : और यह कि मैं उसे ये रुपये सिर्फ़ कर्ज़ के तौर पर दे रहा हूँ।

रहमत : जी हाँ, जी हाँ।

नवाब : *(थैली को वापस जेब में रखते हुए)* तो तुम फौरन यहाँ से रवाना हो जाओ और जाकर मेरे बेटे को ले आओ।

रहमत : *(उसके पीछे भागते हुए)* लेकिन हुजूर।

नवाब : क्या बात है?

रहमत : हुजूर वो रुपये कहाँ हैं?

नवाब : मैंने तुम्हें दिए नहीं ?

रहमत : जी नहीं, आपने तो वो वापस जेब में रख लिए हैं।

नवाब : *(रुपये देते हुए)* ग़म और फिक्र की वजह से मेरा दिमाग़ बेकाबू हो गया है।

रहमत : वो तो साफ़ ज़ाहिर है।

नवाब : लेकिन वो वहाँ उस किश्ती पर मरने गया ही क्यों था? जहन्नुम में जाए वो किश्ती और उसके साथ-साथ वो तुर्की भी। तबाह करके रख दिया। *(जाता है)*

रहमत : पाँच सौ रुपये देना क्या पड़े कि जान निकल गयी। लेकिन मुझे तो अभी इस झूठ का बदला लेना है, जो कि उसने अपने बेटे से मेरे बारे में कहा है।

(मुनीर और अफ़ज़ल दाखिल होते हैं)

मुनीर : क्यों रहमत कामयाब हुए कि नहीं।

अफ़ज़ल : कुछ किया मेरे लिए?

रहमत : *(मुनीर से)* यह रहे दो सौ रुपये जो कि मैंने तुम्हारे अब्बा हुजूर से निकलवाये हैं। *(रुपये देता है)*

मुनीर : जीते रहो।

रहमत : *(अफ़ज़ल से)* और तुम्हारे लिए—मुझे अफ़सोस है कि मैं कुछ न कर सका।

अफ़ज़ल : *(वापस जाते हुए)* तो फिर मैं जाकर डूब मरता हूँ।

रहमत : अरे, अरे, अरे। सुनो तो। इतनी जल्दी भी किस काम की?

अफ़ज़ल : *(वापस लौटते हुए)* क्या है?

रहमत : तुम्हारा काम भी मैंने कर दिया है।

अफ़ज़ल : सच? ओह रहमत, तुमने दोबारा मुझे ज़िंदगी दी।

रहमत : लेकिन इस शर्त पर कि तुम्हारे वालिद ने जो मुझ पर झूठी तोहमत लगायी थी, उसका मैं जिस तरह चाहूँ बदला ले लूँ।

अफ़ज़ल : हाँ, हाँ, तुम्हें पूरी इजाज़त है।

रहमत : तुम, मुनीर के सामने वादा करते हो?

अफ़ज़ल : हाँ भाई, वादा करता हूँ।

रहमत : *(रुपये देते हुए)* तो यह लो फिर। यह रहे पाँच सौ रुपये।

अफ़ज़ल : तो जाओ फिर चलकर नीली को छुड़ा लायें।

(पर्दा गिरता है।)

तीसरा अंक

(नीली, रजिया, रहमत, और हशमत दाखिल होते हैं।)

हशमत : आपके होने वालों की यही ख्वाहिश है, कि आप दोनों को एक मकान में ठहराया जाए, हम तो सिर्फ़ उनका हुक्म पूरा कर रहे हैं।

रजिया : मैं खुद यही चाहती हूँ कि हम दोनों साथ में रहें और एक-दूसरे के दुख-दर्द में शरीक होकर एक-दूसरे को ज़्यादा-से-ज़्यादा पहचानने की कोशिश करें। हो सकता है, कि हम दोनों की मोहब्बत उन दोनों को और भी करीब ले आए।

नीली : मैं आपकी इस साफ दिली का शुक्रिया अदा करता हूँ, और मैं खुद भी अपना हाथ आपकी तरफ साफ़ दिली से बढ़ाती हूँ।

हशमत : लेकिन जो हाथ मोहब्बत में बढ़ाया गया है, उस बारे में आपकी क्या राय है।

नीली : मोहब्बत? वह एक दूसरी ही चीज़ है वहाँ जितने ही ज़्यादा ख़तरात बढ़ते जाते हैं, उतनी ही ज़्यादा मुझमें उनसे मुकाबला करने की हिम्मत बढ़ती जाती है।

रहमत : जी हाँ, यही मेरे आका का भी हाल है, जो कुछ उन्होंने आपके लिए किया है उसे देखते हुए तो कम-से-कम आपको यही चाहिए, आप भी उनके साथ उसी मोहब्बत और नरम दिली से पेश आएँ।

नीली : मुझे अब भी उन पर पूरा भरोसा नहीं है। उन्होंने जो कुछ भी मेरे लिए किया है, मुझे इतमीनान दिलाने के लिए काफ़ी नहीं है। हो सकता है कि लोगों में मैं काफ़ी हँसमुख नज़र आती हूँ। हालाँकि मैं भी इन्हीं ख़्यालात की रौ में डूब कर न जाने कहाँ पहुँच जाती हूँ, अगर आपके आका यह समझ रहे हैं कि उन्होंने रुपया चुका कर मुझे वहाँ से बचा लिया है, तो शायद आप ग़लती पर हैं। *(क्योंकि इस दुनियां में रुपया ही हर चीज़ नहीं है)* मैं उनकी मोहब्बत का इम्तिहान अपने तरीके पर करना चाहती हूँ अगर वो इस इम्तिहान में पूरे उतरे तो बाखुशी उनकी मोहब्बत का जवाब मोहब्बत से दूँगी।

रहमत : अरे लेकिन वही तो उनका भी कहना है। उन्होंने मुझे आपकी खिदमत में इसलिए भेजा है कि मैं उनके लिए आपसे शादी की दरख्वास्त करूँ, और आप पर यह ज़ाहिर कर दूँ कि वो आपकी कितनी इज़्ज़त करते हैं। अगर यह बात न होती तो क्या आप यह समझती हैं कि मैं उनका इस किस्म के मामले में कभी भी साथ देता?

नीली : चूँकि आप यह कह रहे हैं इसलिए मैं मानने को तैयार हूँ, लेकिन मुझे उम्मीद नहीं है कि उनके अब्बा हुजूर इस बात को मानने के लिए तैयार हो जाएँ।

रहमत : घबराइए नहीं उसका भी कोई-न-कोई तरीका निकाल लेंगे।

रज़िया : *(नीली से)* शायद यही वजह है कि जो कि हम दोनों को और करीब ले आएगी, लेकिन जो खतरा आपको है वही मुझे भी है।

नीली : फिर भी अगर देखा जाए तो आप मुझसे ज़्यादा बेहतर हालात में हैं, आपको कम-अज़-कम यह तो मालूम है कि आप किसकी बेटी हैं, सिर्फ़ खानदान मालूम होने की देर है, फिर आपकी शादी जो कि हो तो चुकी है, उसके बारे में भी सबको खुल्लम-खुल्ला मालूम हो ही जाए और उस वक़्त किसी को एतराज का मौका भी नहीं रहेगा। लेकिन आफ़त तो मेरी है।

किसी को क्या बताऊँ कि किसकी बेटी हूँ और फिर साबका *(पाला)* ऐसे बाप से आ पड़ा है, जिसे सिवाय रुपयों के इस दुनियाँ में किसी चीज़ में कोई दिलचस्पी नहीं है।

रजिया : लेकिन कम-अज़-कम आपके सामने इस चीज़ का तो ख़तरा नहीं है कि जिस शख्स से आपकी शादी हो रही है, उसके लिए दूसरी लड़कीं भी ढूँढ़ने की कोशिश की जा रही है।

नीली : अरे हाँ रहमत, उस बुड्ढे-खूसट-मक्खीचूस का किस्सा तो सुनाओ, जिससे तुमने रुपये ऐंठे थे, ये तो तुम जानते हो, कि मैं इस किस्म के किस्सों पर जान देती हूँ।

रहमत : मेरी बजाय हशमत आपको वो किस्सा सुना देगा, मैं इस वक्त एक अपनी फिक्र में लगा हुआ हूँ, मुझे अपना एक छोटा-सा बदला लेना है, और मैं, इसकी तरकीबें सोच रहा हूँ।

हशमत : अब कौन-सी नयी हरकत करने वाले हो?

रहमत : वजह?

हशमत : इसलिए कि मैं देख रहा हूँ, कि आप अपनी खाल उधड़वाने की फिक्र में हैं।

रहमत : ख़ैर, खाल मेरी उधड़ेगी न? आपकी तो नहीं?

हशमत : ठीक है, अपनी खाल के तुम्हीं मालिक हो जो चाहे करो उसके साथ।

रहमत : मैं इन ख़तरों से भागने वाला नहीं हूँ। मैं तो सिर्फ़ उन लोगों से दूर भागता हूँ जो कि इतने कमजोर दिल के होते हैं कि हर कदम फूँक-फूँक कर उठाते हैं, कहीं ऐसा न हो कि फँस जाऊँ *(नीली और रज़िया से)* जाइये, मैं सब ठीक-ठाक कर लूँगा, अब आप लोग जाकर आराम कीजिए, मैं जल्द ही आपकी खिदमत में हाजिर होऊँगा।

(हशमत, रज़िया और नीली चले जाते हैं; उनके जाने पर नवाब बन्ने मियाँ दाखिल होते हैं।)

नवाब : अजी खूब मिले रहमत, कहो भाई मेरे बेटे के बारे में क्या

किया तुमने?

रहमत : आपका बेटा, हुजूर अब किसी ख़तरे में नहीं है लेकिन हुजूर, ख़तरे में आप घिरे हुए हैं, और मैं तो इसी सोच में हूँ कि आपको सही-सलामत घर किस तरह पहुँचाऊँ।

नवाब : क्यों, क्या मतलब है तुम्हारा?

रहमत : इसी लमहे वो आपको चारों तरफ़ ढूँढ़ने की कोशिश में लगे हुए हैं।

नवाब : मुझे?

रहमत : जी।

नवाब : लेकिन वो हैं कौन?

रहमत : आपको याद होगा, जिस लड़की से मुनीर ने शादी की है, उसका एक भाई है उसे किसी-न-किसी तरह यह पता चल गया है कि आप उसकी बहन की शादी मन्सूख करने की कोशिश में हैं ताकि आपकी बेटी की शादी मुनीर से हो जाए। इस वक़्त उसके सामने भी इज़्ज़त का सवाल पैदा हो गया है और वो इसीलिए इन्तकाम की आग में जल रहा है। उसके तमाम दोस्त अहबाब, जो कि उसी तरह खतरनाक और डाकू मालूम होते हैं, तलवारें और डंडे वग़ैरा लिए हुए आपकी तलाश में सगर्दा हैं, आपके मकान के पहुँचने के सारे रास्ते उन्होंने बंद कर दिए हैं, ताकि आप किसी तरीके से मकान तक न पहुँच सकें और कहीं-न-कहीं रास्ते में ही धर लिए जाएँ, वो सड़कों पर राह चलते आदमी को रोककर आपका पता पूछ रहे हैं।

नवाब : अरे तो बर्खुर्दार कोई तरकीब बताओ बचने की।

रहमत : मेरी समझ में नहीं आ रहा है कि मैं क्या करूँ, सोच-सोच कर ही होश उड़े जाते हैं, आपकी हालत देखकर वाकई मुझे—ठहरो, यह आवाज़ कैसी है।

(पीछे जाकर इधर-उधर झाँकता है ताकि मालूम हो कि कोई आ तो नहीं रहा है।)

नवाब : *(काँपते हुए)* क्या है?

रहमत : *(वापस आते हुए)* नहीं कुछ नहीं है।

नवाब : अजी कुछ तो तरीका निकालो बचने का।

रहमत : एक तरीका है। लेकिन वो करने में मुझे खुद अपनी जान का ख़तरा है।

नवाब : रहमत, यही मौका है, तुम्हें अपने आपको एक नमक हलाल नौकर साबित करने का! मैं हाथ जोड़ता हूँ बचा लो मुझे।

रहमत : मैं खुद यही सोच रहा हूँ। भला मैं आपको यूँ मुसीबत में घिरा हुआ कैसे छोड़ सकता हूँ। पता नहीं क्या वजह है आपके लिए मेरे दिल में एक अजीब जज्बा और मोहब्बत है।

नवाब : तुम्हें इनाम भी ऐसा दूँगा कि कभी नहीं भूलोगे, कुछ दिन इस्तेमाल करने के बाद मैं ये कपड़े तुम्हें दे दूँगा।

रहमत : सुनिए, यह है मेरी तरकीब जो मैंने सोच रखी है, आप इस बोरे में छुप जाइए और...

नवाब : *(चौंक कर)* उफ्, यह आवाज़ कैसी थी?

रहमत : जी कुछ नहीं, घबराइये नहीं, कोई नहीं है। हाँ, तो मेरी स्कीम यह है कि आप इस बोरे में घुस जाइए, मैं आपको पीठ पर लाद कर निहायत ही इतमीनान से दरवाज़े बंद करके इन बदमाशों के दरम्यान से गुज़रता हुआ घर पहुँच जाऊँगा। एक मर्तबा घर खैरियत से पहुँच गए तो फिर इतमीनान से दरवाज़े बंद करके इन बदमाशों की खबर लेने के लिए कोई-न-कोई तरीका निकाल सकते हैं।

नवाब : हाँ, बात तो ठीक है।

रहमत : ठीक है! अरे हुज़ूर इससे बेहतर कोई तरीका हो ही नहीं सकता, अभी आपको मालूम हो जाएगा। *(अलग)* इस झूठ का बदला तो ऐसा निकालूँगा कि मियाँ जी ज़िंदगी भर न भूलेंगे।

नवाब : क्या कहा तुमने?

रहमत : मैं यह कह रहा था हुज़ूर कि आपके दुश्मनों की ऐसी ख़बर लूँगा कि ज़िंदगी भर नहीं भूलेंगे। खुदा के लिए अब इसमें

आ जाइए, और देखिए। कुछ भी हो जाए, हिलिये-विलियेगा नहीं।

नवाब : फिकर न करो, साँस तक रोक लूँगा।

रहमत : आइये ज़रा जल्दी।

(नवाब साहब बोरे के अंदर गायब हो जाते हैं)

रहमत : वो रहा एक क़ातिल गला-काट, आपको ही ढूँढ़ता फिर रहा है। *(उसकी आवाज़ बनाकर)* 'क्यों कोई ऐसा शख़्स नहीं, जो मुझे नवाब बन्ने मियाँ का पता बता दे? ताकि मैं दुनिया को उसके वजूद से पाक कर दूँ।' *(असली आवाज में)* बिल्कुल न हिलिए *(जो जुमले आगाज़ में हैं वो आवाज़ बनाकर कहे गए हैं, और बाकी यूँ ही असली आवाज़ में हैं)* 'मच्छर कहीं का, अगर वो पाताल में भी जाकर छिप गया है तो मैं वहाँ से भी उसे ढूँढ़ निकालूँगा' छिपाये रखिये अपने आपको, 'वो बोरे वाले' जी, 'मैं तुझे एक रुपिया इनाम दूँगा, अगर तू मुझे उस नवाब बन्ने मियाँ का पता बता देगा।' आप नवाब बन्ने मियाँ को ढूँढ़ रहे हैं? 'हाँ' और नहीं तो क्या मैं उसके फरिश्तां को ढूँढ़ रहा हूँ। लेकिन हुजूर किसलिए? 'जी हुजूर इसलिए कि उसकी शामत आ चुकी है, मैं उसकी खाल उधेड़ कर भूसा भर दूँगा।' लेकिन हुजूर, आप उनके साथ इस किस्म का बर्ताव कैसे कर सकते हैं। वो तो एक निहायत ही शरीफ और ईमानदार आदमी हैं। 'क्या कहा?' अबे बता तेरी भी शामत आ गई है? मैं तो सिर्फ एक शरीफ और इज्ज़तदार आदमी का साथ दे रहा हूँ, और बस। 'तो शायद तू उसका दोस्त है।' जी हाँ हुजूर, मुझे यह सर्फ हासिल है। 'सर्फ का बच्चा तो पहले मैं तेरी खाल उतारता हूँ, मुझसे ज़बान चलाता है।' ये ले, ये ले, उफ ओ, मार डाला, रहम कीजिए हुजूर, आहिस्ता आहिस्ता ओह, ओह, जा उससे जाकर कह दे, कि इसका हश्र उससे भी बुरा होगा। खुदा समझे इससे, हड्डी तोड़ दी, ओह-ह-ह-ह-ह।

नवाब : *(गर्दन निकालते हुए)* उफ़्फ रहमत, अब मुझसे इससे ज़्यादा नहीं सहा जाएगा।

रहमत : ओह, हुजूर, मेरे कन्धे को मालूम होता है, फोड़े बन गए हैं।

नवाब : क्या, कन्धे पर तो वो मेरे मार रहा था।

रहमत : जी नहीं हुजूर मेरे।

नवाब : क्या बकते हो जी, सारा कन्धा मालूम हो रहा है, बाहर आ जाएगा।

रहमत : आपको तो सिर्फ डंडे की चोट लगी थी।

नवाब : हाँ तुमसे इतना भी न हुआ, कि बोरे से ज़रा हट कर खड़े होते ताकि कम-अज़्-कम मैं तो बच जाता।

रहमत : *(उसका सिर बोरे के अंदर ठूँसते हुए)* अरे बच गए बोलो। दूसरी मुसीबत आ रही है, शक्ल तो बड़ी भयानक मालूम हो रही है, किसी जंगल का पकड़ा मालूम होता है। 'मेरा आधा दिन यूं ही बरबाद हो गया, लेकिन पता नहीं नवाब बन्ने मियाँ कमबख्त कहाँ जाकर गुम हो गया है।' सर अंदर रखिए। 'हाँ-आ,–आओ इस आदमी से पूछ लूँ, शायद इसे पता हो, क्यों मैं एक नवाब बन्ने मियाँ नाम के आदमी को ढूँढ रहा हूँ। पता है वो कहाँ मिल सकेगा?' 'जी नहीं हुजूर मुझे बिल्कुल पता नहीं।' 'घबराओ नहीं मैं कुछ नहीं करूँगा, सिर्फ उसे ज़रा इस छड़ी का मज़ा चखाऊँगा'। यकीन रखिए हुजूर, मुझे बिल्कुल पता नहीं, 'लेकिन ये बोरे में अभी कुछ हिला', जी नहीं कुछ नहीं है हुजूर, 'ठहरो मैं ज़रा अपनी तलवार को इस बोरे के पार करके देखता हूँ।' नहीं-नहीं मेहरबानी कीजिए। तो फिर दिखा वो खोल कर क्या है? जी नहीं हुजूर। जी नहीं है। आपको मेरी चीज़ देखने का कोई हक नहीं है। 'लेकिन मुझे देखना है।' 'मैं नहीं दिखाऊँगा' ज़रूर कुछ-न-कुछ है इसके अन्दर। कुछ नहीं है, सिर्फ़ मेरे पुराने कपड़े हैं। 'दिखाओ तो' जी नहीं, 'नहीं दिखाओगे।' जी नहीं। 'तो लो फिर मैं तुम्हारी पीठ का इलाज करता हूँ।' मैं इन गीदड़ भभकियों से डरने

वाला नहीं हूँ। 'मेरा मज़ाक उड़ा रहे हो?' *(नवाब साहब को बोरे के अंदर बुरी तरह ठूँसता है) ओह?* हुजूर-हुजूर ओह, ओह।

नवाब : उफ़् ज़ालिम *(सर बाहर निकालते हुए)* हड्डियाँ-पसलियाँ सब एक कर दीं।

रहमत : उफ़् मैं तो अधमरा हो गया।

नवाब : उफ़्फ यह कंबख़्त मेरी क्यों मरम्मत कर रहे हैं?

रहमत : *(उनका सर अंदर ठूँसता है)* होशियार, मार डाला अबकी मर्तबा पाँच-छः आदमियों का गोल आ रहा है। *(उसी तरह की नकल उतारता है, जैसे कि अलग-अलग आदमी बोल रहे हों)* 'चलो जल्दी आवो, इस नवाब बन्ने मियाँ के बच्चे को ढूँढ़ निकालना ही है। हर तरफ़ देखते रहो, कोना-कोना छान मारो, पूरा शहर पड़ा हुआ है। अगर वक़्त पड़े तो दरवाज़े को तोड़कर अंदर भी जाओ, कमरा-कमरा देख मारो, क्या ख्याल है? किस तरफ होगा? उस तरफ? नहीं इस तरफ, बायीं तरफ, दायीं तरफ? नहीं-नहीं, हाँ-हाँ, अन्दर ही रहिये।' अरे वो इसका नौकर है आवो उसे पूछें क्यों वे तेरा आका कहाँ है? ओह हुजूर मारिये मत, 'चलो जल्दी बताओ, कहाँ है वो? बताओ जल्दी, अबे जुबान नहीं है क्या? बोलता कुछ नहीं बोला' ओह हुजूर सम्हल के। *(नवाब बन्ने मियाँ चुपचाप अपना सिर बोरे में से बाहर निकाल कर रहमत का ये सब खेल देख रहे हैं)*

रहमत : *(बग़ैर उन्हें देखे हुए अपना खेल जारी रखता है)* 'अरे अगर तूने अपने मालिक का पता नहीं बताया तो तेरी इतनी पिटाई होगी कि ज़िंदगी भर न भूलेगा।' आप चाहे जो कर सकते हैं करें, लेकिन मैं अपने मालिक से दग़ाबाज़ी नहीं करूँगा। 'तो फिर हम तेरी चमड़ी उतारते हैं,' 'परवाह नहीं' तो तू पिटना चाहता है। मैं अपने मालिक को धोखा नहीं दूँगा। तो फिर तेरा इलाज शुरू करना पड़ेगा, ये ले। *(हाथ उठाकर घूमते ही उसकी नज़र नवाब साहब पर पड़ती है जो गर्दन निकाले उसे देख रहे हैं, नवाब साहब बाहर निकलने की कोशिश करते*

हैं और रहमत सर पर पाँव रखकर भाग जाता है)

नवाब : बदमाश, लुच्चा, लफंगा, अधमरा कर दिया कमबख्त ने, ठहर जा तेरी तो मैं मिट्टी पलीत कर दूँगा।

(नीली कहकहे मारते हुए दाखिल होती है)

नीली : नवाब साहब पर उसकी नज़र नहीं पड़ती। आ, हा, हा, उफ़् साँस चढ़ गई।

नवाब : *(अलग)* ऐसा बदला लूँगा कि ज़िंदगी भर नहीं भूलेगा।

नीली : *(उसी तरह)* आ, हा, हा, उफ़् अजीब किस्सा था, बुड्ढा तो बिल्कुल खब्ती ही है।

नवाब : ये तो कोई हँसने की बात नहीं है, बंद करो ही ही ही।

नीली : क्यों, आप कौन होते हैं मुझे मना करने वाले?

नवाब : तुम्हें मुझ पर हँसने का कोई हक नहीं है।

नीली : आप पर?

नवाब : जी।

नीली : आपको यह खयाल कैसे आ गया कि मैं आप पर हँस रही थी।

नवाब : एक तो हँस रही हो, ऊपर से बातें बना रही हो।

नीली : माफ़ कीजिए आपको गलतफ़हमी हुई है, मैं आप पर नहीं हँस रही थी। वो तो एक किस्सा था, जो कि मैंने अभी-अभी सुना था। हो सकता है कि वो इसलिए मज़ेदार लगा हो क्योंकि मैं खुद भी उस वाकिए से ताल्लुक रखती हूँ। किस्सा एक बेटे का है जिसने किस खूबसूरती से अपने बुड्ढे बाप को बेवकूफ़ बनाकर रुपया निकलवाया।

नवाब : एक बेटे ने बाप को बेवकूफ़ बनाकर रुपया निकलवाया?

नीली : मेरा तो दिल चाह रहा है कि आपको भी यह किस्सा सुना दूँ। बड़ा मज़ेदार है।

नवाब : क्या है?

नीली : सुनिए और फिर आपको यह बता देने में कोई हर्ज नहीं है क्योंकि बहुत जल्द ही सबके सामने वो भेद खुल जाएगा।

मुझे ख़ानाबदोश के एक कबीले ने पाल-पोस कर बड़ा किया था, हमारा काम यह होता था कि जब हम शहरों में आते हैं तो लोगों की तकदीर का हाल बताते हैं और ज़्यादातर हमारी गुज़र औकात इसी पर होती है। अक्सर हम कुछ हाथ की बनी हुई चीज़ें भी लाकर यहाँ बेच डालते हैं। ख़ैर जब हम इस शहर में पहुँचे तो यहाँ के एक नौजवान की नज़र मुझ पर पड़ी और वो दिलोजान से मुझ पर आशिक हो गया। जहाँ मैं आऊँ मेरे पीछे घूमे। वो इस धोखे में था कि मैं भी बस उसके इशारे पर जान देने के लिए तैयार हूँ। लेकिन मुझे भी अपनी खुद्दारी और इज़्ज़त पर नाज़ है इसलिए जल्द ही उसे अपनी ग़लती का जबकि उसकी दाल नहीं गली एहसास भी हो गया। वो मेरे कबीले वालों से मिला और वे मुझे इस शर्त पर छोड़ने के लिए राजी हो गए कि उन्हें मुआवजे में कुछ रकम दी जाए, लेकिन वह नौजवान उस वक़्त बिल्कुल फक्कड़ था। यह नहीं कि उसका बाप मालदार नहीं, वह बहुत ही मालदार है। लेकिन कंजूस इतना है कि अगर दूध में मक्खी भी गिर जाए तो वे उसे बग़ैर चूसे हुए बाहर न फेंके, ज़रा ठहरो मुझे उसका नाम भी याद था, शायद आप उसे जानते भी होंगे, पहले आप यह बताइये कि आप किसी ऐसे आदमी को इस शहर में जानते हैं जो कि पैसों के मामले में बिल्कुल मक्खीचूस हो।

नवाब : नहीं।

नीली : उसका नाम है, कुछ इसी किस्म का नाम है, नवाब वन-वन बन्ने मियाँ। हाँ नवाब बन्ने मियाँ, यही नाम है उसका, उसी मक्खीचूस बुड्ढे का। ख़ैर तो मैं क्या कह रही थी? हाँ तो मेरा कबीला यह शहर छोड़कर जा रहा था और वो अपने साथ मुझे भी जबरदस्ती घसीटे लिए जा रहे थे–अगर वो नौजवान आज के आज ही उन्हें पैसे न चुकाता तो वो हमेशा के लिए मुझे खो देता, इस नौजवान का नौकर बहुत ही तेज़

आदमी है उसने उसके बाप को अच्छी तरह बेवकूफ़ बनाया और रुपया उसकी जेब से निकलवाकर मुझे उन लोगों से छुड़वा लिया। नौकर का नाम मुझे अच्छी तरह मालूम है, उसे रहमत कहते हैं, बहुत ही—समझदार आदमी है।

नवाब : *(अलग)* पाजी बदमाश कहीं का, बिच्छू।

नीली : उसने उस बुड्ढे को बेवकूफ़ यूँ बनाया हो, आ, हा, हा, हँसते-हँसते पेट दुखने लगा। *(हँसती जाती है, और साथ-साथ सुनाती भी जाती है)* यह नौकर उस बुड्ढे के पास गया और उसके सामने एक कहानी गढ़ दी, उसने उसको बताया कि वो उसके बेटे के साथ बंदरगाह पर सैर करने गया हुआ था, और यह कि वहाँ पर उसकी मुलाक़ात एक तुर्की से हो गयी, जो इनको अपनी किश्ती में ले गया, कुछ देर के बाद किश्ती समुंदर में डाल दी गई और जब वो काफ़ी दूर निकल गए तो उस तुर्की ने नौकर को एक नाव में डलवाकर ये कहा कि अगर लड़के के बाप से पाँच सौ रुपया दो घंटे के अंदर-अंदर न लाए तो वह उस लड़के को अल्जेरिया में जाकर गुलाम बनाकर बेच देगा। अब इस बुड्ढे की अजीब हालत थी। एक तरफ तो बेटे की मोहब्बत तो दूसरी तरफ पैसे की वो पाँच सौ रुपये उसे बरछियों की तरह चुभ रहे थे, उसने इससे बचने के लिए कई तरीके निकाले, पहले तो धकमी दी थी कि वो अदालत जाएगा, फिर नौकर से कहा जब तक वो रुपये जमा करता है तब तक वो जाकर उसके लड़के की जगह ले ले, हालाँकि उसे छुड़ाने की नीयत बिल्कुल न थी, फिर चाबी देकर कहने लगा कि उसके पुराने कपड़े बेचकर रुपये चुका दे। नौकर ने बहुत समझाने की कोशिश की मगर वो यही कहे जा रहा था 'लेकिन वो वहाँ इस किश्ती पर मरने गया ही क्यों था?' उसने देखा कि अब तो बचना मुश्किल ही है तो वो।...लेकिन आपको? आप खामोश क्यों हैं, हँसी नहीं आ रही है आपको?

नवाब : इस नौजवान ने निहायत ज़लालत का सबूत दिया है। उसका बाप उसको अच्छी तरह उसकी सजा देगा। जहाँ तक उस ख़ानाबदोश लड़की का ताल्लुक है, वो इस काबिल भी नहीं है कि शरीफ़ों में बैठे। मैं उसे ऐसा सबक दूँगा कि उसकी तबीयत ठीक हो जाएगी और जहाँ तक इस नमकहराम नौकर रहमत का ताल्लुक है उसको तो मैं सुबह होने से पहले ही फाँसी पर चढ़ा दूँगा।

(नवाब साहब जाते हैं और हशमत दाखिल होता है)

हशमत : कहाँ चली गई थीं आप? आपको यह भी पता है कि अभी आप किससे बात कर रही थीं?

नीली : हाँ, अब पता चला, और मेरी बेवकूफी तो देखो कि मैंने उनको सारा क़िस्सा कह सुनाया। हाँ, मैं किसी-न-किसी को वो किस्सा सुनाने के लिए वैसे ही बेताब थी, हशमत, देखो, टकराई तो उनसे, ख़ैर, अब क्या होता है, जो होना था सो हो चुका।

हशमत : आपने भी कमाल कर दिया, कोई बात पेट में रहती ही नहीं, सब कुछ उगल दिया।

नीली : अब उगल दिया तो उगल दिया, वैसे तो आज नहीं तो कल, यह बात उन पर ज़ाहिर हो ही जाती।

नवाब : *(बाहर से)* अबे ओ हशमत।

हशमत : अब आप चली जाइए, वो मुझे ढूँढ़ते ही आ रहे हैं।

(नीली घर में चली जाती है। नवाब मुन्ने मियाँ दाखिल होते हैं)

नवाब : यूँ तो तुम तीनों ने मिलकर मुझे खूब बेवकूफ बनाया, तुम, रहमत और मेरे नालायक फर्जन्द ने, और तुम लोग यह समझे हुए हो कि मैं उन चकमों में आ भी जाऊँगा--ऐं।

हशमत : हुजूर, बाखुदा अगर रहमत ने आपको कोई चकमा दिया है तो मुझे इसके बारे में बिल्कुल पता नहीं है।

(नवाब बन्ने मियाँ दाखिल होते हैं)

बन्ने मियाँ : मुन्ने मियाँ, मेरा तो सत्यानाश होकर रह गया है।

मु. मियाँ : मेरा खुद सत्यानाश होकर रह गया।

ब. मियाँ : इस रहमत बदमाश ने मुझसे पाँच सौ रुपये ठग लिए।

मु. मियाँ : और वही रहमत बदमाश ने मुझे दो सौ रुपये की चोट दी।

ब. मियाँ : और यही नहीं कि वो रुपये लेकर खामोश हो जाता उसने मेरे साथ ऐसा बर्ताव किया है कि कहते हुए शर्म आती है। मैं भी उसकी खाल खींचे बगैर नहीं रहूँगा।

मु. मियाँ : आप तो सिर्फ़ खाल खींचेंगे, मैं तो उसमें भूसा भर दूँगा।

ब. मियाँ : ऐसी हालत करूँगा उसकी कि लोग इससे सबक लेंगे।

मु. मियाँ : *(अलग)* मुझे तो अब अपनी खाल की फिक्र हो गई है।

ब. मियाँ : लेकिन यह होता आया है कि मुसीबत कभी खाली हाथ नहीं आती। मैं भी अपने आपको दिलासा दे रहा हूँ। ख़ैर चलो, मेरी बेटी तो मेरे पास चली आएगी लेकिन मुझे पता चला है कि वो वहाँ से जमाना हुआ रवाना हो चुकी है, और अब मालूम हुआ है कि जिस जहाज़ में वो सफ़र कर रही थी, उसका कहीं पता नहीं है।

मु. मियाँ : लेकिन मेरी समझ में एक बात नहीं आती कि आख़िर आपको उसे वहाँ से छोड़ने की जरूरत ही क्या थी? अपने साथ क्यों न लेते आए?

ब. मियाँ : उसकी भी एक वजह थी, मैं नहीं चाहता था कि मैंने दूसरी शादी की है उसकी ख़बर वक़्त से पहले आप लोगों में फैल जाय, लेकिन मैं यह क्या देख रहा हूँ।

एहमद : *(नवाब बन्ने मियाँ के कदमों पर गिर पड़ता है)* हुजूर मिर्जा साहब—

ब. मियाँ : मुझे अब नवाब बन्ने मियाँ ही कहकर पुकारो तो बेहतर है। जिस वजह से मैंने अपना नाम वहाँ बदल दिया था उसकी अब कोई ज़रूरत नहीं रही।

एहमद : हुजूर क्या बताऊँ इस नाम के बदलने ही की वजह से हमें आपको तलाश करने में कितनी दुश्वारी का सामना करना पड़ा।

ब. मियाँ : मेरी बेटी और उसकी वालिदा कहाँ हैं?

एहमद : आपकी बेटी? हुजूर सही सलामत है। और आपसे ज़्यादा दूर भी नहीं है। मैं इस बात की माफ़ी चाहता हूँ कि हम लोगों ने उसे शादी कर लेने दी। आपके न होते हुए हम लोग बिल्कुल बेआसरा हो गए थे, हुजूर।

ब. मियाँ : मेरी बेटी ने शादी कर ली?

एहमद : जी हुजूर।

ब. मियाँ : किससे?

एहमद : एक मुनीर नामी नौजवान से, जोकि किसी नवाब मुन्ने मियाँ का बेटा है।

ब. मियाँ : या खुदा।

मु. मियाँ : अजीब इत्तेफ़ाक है।

ब. मियाँ : हमें फौरन वहाँ ले चलो।

एहमद : आपको सिर्फ़ उस घर में दाखिल होने की देर है।

ब. मियाँ : तो फिर चलो। आइए मुन्ने मियाँ तशरीफ़ लाइए।

(नवाब बन्ने मियाँ, मुन्ने मियाँ और एहमद घर में जाते हैं)

हशमत : अपनी तो अक्ल काम नहीं कर रही है।

(रहमत दाखिल होता है)

रहमत : क्यों हशमत अपने दोस्तों का क्या हाल है? कैसी गुज़र रही है?

हशमत : मेरे पास तुम्हारे लिए दो चीजें हैं, एक तो यह कि मुनीर का मुआमला तो अब बिल्कुल राह पर आ गया है। यह नया भेद खुला है कि रज़िया नवाब बन्ने मियाँ की लड़की है और किस्मत ने कुछ ऐसा खेल-खेला कि वही हुआ जो कि दोनों वालिदे बुजुर्गवार चाहते थे, दूसरी ख़बर यह है कि यह दोनों बुड्ढे तुम्हारी खाल खींचने की फ़िक्र में हैं, खासकर नवाब बन्ने मियाँ।

रहमत : अरे उसकी परवाह मत करो। मैं इन गीदड़ भभकियों में आने वाला नहीं हूँ। इस किस्म की धमकियाँ तो मैं ज़िंदगी भर

सुनता आया हूँ।

हशमत : होशियार रहो, बस मेरा तो यही कहना है अगर वो दोनों लड़के भी अपने-अपने बाप से मिल गए तो ख़ैरियत नहीं।

रहमत : घबराओ नहीं कोई-न-कोई रास्ता निकाल लूँगा, लेकिन...

हशमत : भाग, वो आई कमबख़्ती। **(रहमत तेज़ कदमी से बाहर चला जाता है, नवाब बन्ने मियाँ, मुन्ने मियाँ, रज़िया, नीली, और एहमद दाखिल होते हैं)**

ब. मियाँ : आवो बेटी, मेरे साथ घर चलो, अगर आज तुम्हारी माँ यहाँ होती तो मेरी खुशी पूरी हो जाती।

मु. मियाँ : लो वो आ गया मुनीर, बिल्कुल वक़्त पर आया।

(मुनीर दाखिल होता है)

मु. मियाँ : आओ बेटे आओ, शादी की खुशी में जश्न हो जाए, शुक्र है कि...

मुनीर : नहीं अब्बाजान शादी के बारे में आपकी ज़िद बेकार है, अब तो आपको मालूम हो ही गया है कि मेरी शादी हो चुकी है और...

मु. मियाँ : हाँ बेटा, लेकिन तुम्हें नहीं मालूम कि...

मुनीर : जो कुछ मुझे जानने की ज़रूरत है, वो मैं सब जानता हूँ।

मु. मियाँ : बेटा मैं तो तुम्हें सिर्फ़ यह बता देना चाहता हूँ कि नवाब बन्ने मियाँ की लड़की।

मुनीर : आप कुछ भी कहें नवाब बन्ने मियाँ की लड़की मेरी निगाहों में कोई हकीकत नहीं रखती।

मु. मियाँ : वही तो है जो–

मुनीर : जी नहीं मैं अपने इरादे पर अटल हूँ।

हशमत : सुनिए तो।

मुनीर : नहीं चुप रहो तुम, मैं एक अल्फ़ाज भी सुनना नहीं चाहता।

मु. मियाँ : तुम्हारी बीवी।

मुनीर : जी नहीं अब्बाजान, मैं जान दे दूँगा लेकिन रज़िया को छोड़ नहीं सकता।

(जाकर उसके बाज़ू में खड़ा हो जाता है)

आपकी सब कोशिश बेकार है। यही है वो, जिसके लिए मैं अपनी सारी ज़िंदगी कुर्बान कर दूँगा और किसी हालत में दूसरी शादी नहीं करूँगा।

मु. मियाँ : अबे लेकिन यही तो है वो, अजीब बेवकूफ़ से पाला पड़ा है, उसी पुरानी लकीर को पीटे जा रहा है।

रज़िया : *(नीली की तरफ इशारा करते हुए)* ओ अब्बा जान, इनको भी मेरे साथ रहने दीजिए ना देख लीजिएगा कुछ ही दिनों में आप उनसे भी बेटी की तरह प्यार करने लगेंगे।

ब. मियाँ : यह तुमने कैसे समझ लिया कि मैं एक ऐसी लड़की को अपने घर में घुसने दूँगा जिसने कि तुम्हारे भाई को बहका दिया है। और जिसने कुछ ही देर पहले मेरे मुँह पर मेरी बुराई की है।

नीली : मैं अपनी इस ग़लती पर नादिम हूँ। मुझे अगर यह पता होता कि आप कौन हैं तो मैं यह बात कभी न कहती। मैं तो सिर्फ़ आपको इतना ही जानती थी जितना कि मैंने आपके बारे में सुना था।

ब. मियाँ : क्या मतलब?

रज़िया : अब्बाजान आप यकीन मानिए भाईजान की मोहब्बत इनके लिए बिल्कुल पाक है, और इनकी सीरत के बारे में मुझे भी पूरा भरोसा है।

ब. मियाँ : लेकिन बेटी यह कैसे हो सकता है। तुम यह चाहती हो कि मेरा बेटा एक ख़ानाबदोश लड़की से शादी कर ले, जिसके न माँ, न बाप का पता, न खानदान का।

(अफ़ज़ल दाखिल होता है)

अफ़ज़ल : अब्बा मियाँ अब आपको इस बारे में बिल्कुल परेशान नहीं होना चाहिए कि मैं एक गुमनाम ख़ानाबदोश लड़की से शादी कर रहा हूँ। इन ख़ानाबदोशों ने मुझे अभी बताया है कि नीली इसी शहर में पैदा हुई थी, और एक बहुत ही शरीफ़ और

आला घराने से ताल्लुक रखती है। इसका असली नाम नीलोफ़र है जो वो सिर्फ़ चार वर्ष की थी, तो ख़ानाबदोश उसे चुराकर ले गए थे। उन्होंने मुझे उसका वह कंगन भी दिया है ताकि उसके वालिदैन का पता लगाने में आसानी हो।

मु. मियाँ : देखूँ तो कंगन, मेरी बेटी भी इस उम्र में खो गई थी।

ब. मियाँ : आपकी बेटी?

मु. मियाँ : हाँ, यह तो वही है। और शक्ल-सूरत में भी काफ़ी मिलती है, मुझे कोई शक नहीं रहा बेटी।

रज़िया : शुक्र है खुदाया। कहाँ से कहाँ मिलाता है तू।

(मस्तू दाखिल होता है)

मस्तू : हुजूर एक पूरा वाकया पेश आया है।

ब. मियाँ : क्यों, क्या हुआ?

मस्तू : बेचारा रहमत।

ब. मियाँ : उस बिच्छू की तो मैं खाल उधेड़ दूँगा।

हशमत : हुजूर, अब इसकी कोई ज़रूरत नहीं रही। कुछ देर पहले वह एक दीवार के पास से गुज़र रहा था कि छत पर से एक हथौड़ा उसके सर पर आ गिरा। सर फट कर रह गया है। गुद्दी तक दिखाई देने लगी। मालूम होता है ज़्यादा देर नहीं बचेगा। उसने लोगों की मिन्नत की है कि उसे उठाकर ले आएँ ताकि मरने से पहले, अपनी खताओं की माफ़ी माँग ले।

मुनीर : कहाँ है वह इस वक़्त?

हशमत : ठहरो मैं लाता हूँ।

(हशमत रहमत को लेकर आता है)

रहमत : ओ...ओ...मैं अब ज़्यादा देर ज़िंदा नहीं रहूँगा। ओ...ओ...मरने से पहले, मैं अपनी खताओं की माफ़ी माँगने आया हूँ। इसके बग़ैर मेरी जान नहीं निकलेगी। ओ...ओ...हजरत, मुझे उम्मीद है कि दम तोड़ने से पहले आप मेरी खतायें माफ़ कर देंगे। ख़ास कर, नवाब मुन्ने मियाँ और नवाब बन्ने मियाँ। ओ...ओ...।

मु. मियाँ : बहुत अच्छा, मैंने तुम्हें माफ़ किया, इतमीनान से मरो।

रहमत : *(बन्ने से)* सबसे बड़ा कुसूर तो मैंने आपके साथ किया है। ख़ास करके पीटा है।

ब. मियाँ : भूल जाओ उसे। मैं तुम्हें माफ़ करता हूँ।

रहमत : मैं वाक़ई ज्यादती कर गया था कि आपको पीटने पर....

ब. मियाँ : कोई बात नहीं।

रहमत : मेरा दिल ग़म से फटा जा रहा है, जब भी यह ख़्याल आता है कि ऐसी पिटाई...

ब. मियाँ : चुप रहो जी।

रहमत : पता नहीं वह कौन-सी मनहूस घड़ी थी कि मैं आपको पीटने पर...

ब. मियाँ : मैं चाहता हूँ चुप रहो। अब उसे भूल जाओ।

रहमत : ओ...ओ...आप कितने सख़ी दिल हैं। क्या आप सचमुच मेरे इस पीटने पर...

ब. मियाँ : हाँ, हाँ, अब जो गुज़र गया सो गुज़र गया। मैं तुम्हें सच्चे दिल से माफ़ करता हूँ। अब मुझे तुमसे कोई शिकायत बाक़ी नहीं रही।

रहमत : आह हुजूर, आपकी यह बात सुनते ही मेरी तबीयत बेहतर होने लगी।

ब. मियाँ : बेहतर होने लगी, लेकिन मैं तुम्हें एक ही शर्त पर माफ़ करता हूँ, और वह यह कि तुम मर जाओ।

रहमत : क्या कहा हुजूर?

ब. मियाँ : अगर तुम ज़िंदा बच गए तो मैं अपने अलफ़ाज़ वापस ले लूँगा।

रहमत : ओ-ओ। मेरी हालत फिर ख़राब होने लगी।

मु. मियाँ : बन्ने मियाँ, इस खुशी के मौके पर हम सब की यही तमन्ना है कि आप इसे बग़ैर किसी शर्त के माफ़ कर दें।

ब. मियाँ : ख़ैर, बहुत अच्छा।

मु. मियाँ : आइये तो फिर इस खुशी के मौके पर सब एक ही साथ मिल कर खाना-वाना खाएँ।

रहमत : और मुझे भी यहाँ से उठवाकर दस्तरखान पर रखवा दीजिए, ताकि मैं वहाँ बैठकर इतमीनान से अपनी मौत का इंतजार करूँ।

सूत्रधार : ओ मेहरबान अब्बाजी
ओ दयावंत माता जी
मेहरबानियों और ममता से
बिगड़ न जाएँ बच्चे
और फिर बिच्छू की दुम बनकर
अकड़ ना जाएँ बच्चे
ओ मेहरबान अब्बाजी
ओ दयावंत माता जी।

❑❑❑